사람을 여행합니다

사람을
여행합니다

커피트럭 여행자 **김현두** 여행에세이

YANG 양 MOON

이 시대를 살아가는 청춘이
다른 청춘에게 보내는 편지

누군가에게 편지가 되길 바라는 마음이다.

아버지에게 또는 어머니에게 보내는 안부 편지일 수도 있고, 연인에게 보내는 달콤하고 유치한 러브레터여도 좋을 듯하다. 때로는 이 시대의 청춘들에게 또 다른 청춘이 보내는 한 통의 편지가 되었으면 정말 좋겠다. 지금 내가 써내려가는 이 책이 바로 그러한 '편지'가 되었으면 좋겠다.

누군가에게는 아픔을 치유하는 수단이 되어주고, 어떤 이에게는 어디론가 떠날 수 있는 용기를 품게 해주고, 매일이 여행일 수 있다는 또는 그렇게 살 수 있다는 아름다운 동경이 되었으면 좋겠다. 아니 어찌 보면 아무것도 제시하지 않고 듣지 않아도 그만인 평범하게 잊

흰 기억 속의 '편지'로 남아도 나는 좋을 것 같다. 단지 쓰는 것만으로도 가슴 뛰고, 받는 것만으로도 미소 짓는 편지가 되기를 바란다.

지금 내 삶을 써내려가는 이 글들이 당신에게 '편지'가 되어 읽히기를 바랄 뿐이다. 지금부터 내 소중한 젊은 날의 '편지'를 나와 같은, 혹은 다른 날을 살아가는 그대들의 청춘에게 보내본다.

ps. 악필이고 많이 모자란 젊은 놈의 이 '편지' 속에 나의 삶(여행)을 담아 보낸다.

2014년 2월

커피트럭 여행자 김 현 두

서른 살! 길 위에서 살기로 했다

3년 전 어느 날 내 '꿈'이 무엇인지 의문이 들기 시작했다. 과연 '꿈'을 꾸며 살기는 했던가? 아니 꿈을 그려보기는 했는지 의문이 들 정도였다. 그려보지 못했으니 그에 맞는 노력도 없는 청춘이었고, 미래에 대한 계획이나 밑그림도 그려놓지 못한 상황이었다. 사실 그저 누구나 살던 삶을 살고 있었는지도 모르겠다. 아니 그랬을 것이다. 우리 시대 같은 또래들과 마찬가지로 비정규직의 삶을 살기도 했고, 그저 직장인으로 살기도 했던 지극히 평범한 나의 삶이었다. '꿈'에 대한 의문과 걱정이 내 안을 지배하기 시작했던 그때를 나는 지금도 잊을 수가 없다. 서른이 코앞에 닥쳐왔던 어느 볕 좋은 가을날, 세상에 혼자가 된 지 한 달이 되었을 즈음(세상에 혼자 남겨져 살게 된 얘기는 나중에) 홀로 고향의 작은 방안에서 울음을 삼키며 세상을 원망하고 있었다. 돌이켜보면 이 세상이, 아니 우리가 알지 못하는 이 우주 안에서 모든 것이 나를 버린 것만 같은 때였다. 눈물 흘리며 내가 믿던 신마저 원망하던 그 시간을 어찌 잊을 수 있을까 싶기도 하다.

그리고는 스스로에게 내가 꿈꾸는 삶에 있어서 몇 가지 질문을 던지게 되었다. 과연 나는 내가 하고 싶은 것을 하고 있는 것인가? 아니면 내가 아닌 누군가(부모, 친구)에 의해 미래를 꿈꾸는가? 그것도 아니면 누구나(세상) 하고 싶어 하는 것을 그저 따라 살고 있는 것은 아닌가 하는 것들이었다. 낙엽이 지던 가을날, 숲이 붉은빛에서 무채색으로 변해가고 있었다. 그때를 떠올릴 때마다 나는 아직도 가슴이 아려온다.

'시골'이라는 곳에서 나고 오랫동안 자랐다. 그 계절의 끝에 내게 찾아온 작은 바람이 하나 있었다. 그것은 내 고향 '시골'에 비전을 품고 사는 것이었다. 구체적으로 말하자면 시골 골목 어딘가 아름다운 나만의 공간에서 향긋한 커피를 뽑아 사람들과 나누고 대접하는 것, 그리고 매일 날씨와 계절에 따라 또는 시간에 맞추어 음악을 틀어주는 그런 카페지기를 꿈꾸게 된 것이다. 좀 더 나아가서 청소년과 청춘들에게 다양한 문화적 경험을 만들어주는 것, 그리고 그 경험이 그들의 삶에 작은 이정표가 되어줄 수 있기를 상상했다. 다만 커피를 마시기 위한 카페가 아니라 새로운 '공간'을 만들어내는 일을 해보고 싶었다. 그때 생각을 좀 빌리면 카페에 앉아 '영화'를 마시고 '책'을 마시는 꿈을 꾸게 된 것이다. 이 꿈을 꾸었을 때 무척이나 흥분이 되었다. 빨리 직접 카페테이블을 만들고 싶어졌고, 직접 내린 커피 한 잔을 사람들에게 전하고 싶었고, 함께 어울려 아름다운 이야기를 만들어보고 싶었다.

무척이나 만지고 싶었다. 커피머신에서 방금 내린 커피를 담은 따뜻한 머그잔을 만지고 싶어졌고, 나를 찾아와주는 소중한 사람들의 손을 만지고 싶어졌고, 테이블과 의자를 예쁜 모습으로 가지런히 놓기 위해 그것들을 만지고 싶어졌다.

그러나 내가 이 꿈을 꾸기 시작했을 때 세상과 주위의 반응은 너무나도 실망스러웠다. 내 흥분과 감격은 그리 오래 가지 못해 뭇매를 맞기 시작했다. 내게 사람들은 말했다. 시골에서 무슨 비전을 가지고 사느냐고, 사람이 떠나가고 가게들조차 문을 닫은 시골에는 희망이 없다고 말했다. 그때마다 나는 이렇게 말하곤 했다. "시골을 떠나는 이에게 그리고 떠날 마음이 있는 그들을 붙잡고 싶은 생각은 전혀 없다. 다만 내가 살던 시골의 아름다운 나의 '공간'에서 있었던 추억들을 이야기할 수 있으면 하는 것이며 그것만으로도 나는 무척이나 만족할 것이다."

가끔은 이런 사람들이 싫고 일일이 대구하고 싶지 않을 때가 있다. 이런 사람들이란 자신의 질문이 시작될 때부터 자신들이 원하는 대답을 듣고 싶어 안달이 나 있는 사람들이다. 내가 꿈꾸기 시작하던 '시골카페' 이야기에 반대하던 사람들의 대부분이 그렇게 행동했기 때문이기도 하다.

언젠가는 내 고향 시골에도 좋은 사람들과 함께할 수 있는 카페를 만들고 싶다. 욕심을 내려놓으면 더 많은 것을 가질 수 있는 '공간', 청춘과 청춘이 사람과 사람이 지역이나 성별, 나이를 상관하지 않고 서로가 모여 따뜻한 삶을 나눌 수 있는 '공간'을 만드는 일, 지금 내가 꿈꾸는 일이다. 그리고 언젠가는 시골에도 뜻 있는 사람들이 모일 것이라는 확신을 가진다.

내 여행의 시작은 많은 공간(카페)을 찾아나서는 데부터 시작되었다. 그 공간 속에는 수많은 사람들의 이야기가 숨어 있었다. 커피트럭을 타고 떠난 여행의 길 위에서 만난 당신들(여행자) 덕분에 나는 지금 '꿈'이라는 열차를 타고 열심히 달려가고 있다.

꿈을 꾼다는 것은 '청춘'에게 너무나도 당연한 것이지만, 누구나 꾸는 꿈이기보다는 누구나 꿀 수 없는 당신의 '청춘'이었으면 좋겠다. 단순히 꿈을 꾸는 게 청춘이 아니라 '청춘'인 나와 당신이 바로 누구나 꿀 수 없던 그 '꿈'이길 기도해본다.

여행 그 아무것도 아닌 삶의 시작

고민에 고민을, 걱정에 걱정을, 근심에 근심을 반복하던 그때 꿈은 많으나 용기 없는 청춘이었던 나의 삶을 그저 방관하기만 하던 어느 날, 누군가에게 선물 받은 뒤 책장 한편에서 뒹굴던 한 권의 책을 읽게 되었다. 그 책에서 읽었던 재미있는 이야기는 6개월 뒤 분홍색 커피트럭을 타고 여행을 떠나는 한 청춘의 삶을 가능하게 하였고, 그 여행이 바로 지금 기적 같은 하루하루를 살고 있는 내 이야기다.

평범한 책자에 소개된 핸드드립커피를 파는 '트럭노점'을 알게 된 후, 6개월의 여행과 방황 끝에 2012년 4월 1일 '만우절'에 여행을 시작하였다. 그리고 2년이 흐른 지금 나는 거짓말처럼 아름다운 일상 여행과 삶을 살고 있다. 그것은 그저 내가 만난 사람들 때문이었을 것이다. 그들은 결코 특별하지 않았다. 커피트럭을 몰고 대학가에서 커피를 팔며 마주한 행상 아주머니 아저씨들의 이야기, 폐휴지를 주우며 지나다니시는 할머니 할아버지의 모습, 길 위에서 사랑을 나누는 연인들의 얼굴, 흔히 볼 수 있는 주위의 모습들을 주의 깊게 바라

보고 그들과 이야기를 나누는 것만으로도 나는 충분히 여행을 하고 있었다. 쉽게 볼 수 있는 모습들이지만 잊고 지내는 일상들을 사진과 함께 나누고 싶은 마음이 더욱 컸던 것만 같다. 그 잊혀져버린 일상을 끄집어낸 펜과 사진기 덕분에 어쩌면 나의 여행이 수많은 사람들의 사랑을 받고 있었을지도 모르겠다.

한 권의 책 속에 그저 지나칠 수도 있었던 이야기가 삶을 이렇게 바꿔놓을 줄 누가 알았겠는가? 그날부터 나는 한 권의 책 속에서 펜으로 밑줄 그어놓은 누군가의 이야기가 다른 이의 삶을 바꿔놓을 수도 있다는 생각을 가지게 되었다. 책 한 권을 모두 읽는 것만이 다가 아니다. 단 한 줄의 글귀가 가지는 힘이 실로 엄청날 수 있다는 것을 나는 깨달았다. 지금 나의 여행이 책에서 만난 짧은 이야기로 인해 시작되었기 때문이다.

연인 사이에서 좀 더 많이 사랑하는 사람이 언제나 약자의 자리에 서 있게 된다는 말을 어느 책에서 본 적이 있다. 커피트럭을 타고 떠난 여행에서 스치듯 만났던 수많은 사람들이 있었다. 나누는 일이나 남을 이해하고 배려하는 것에 늘 관심 있어 하던 사람들이었다. 그렇다고 그들이 나와의 관계에서 약자의 입장이거나 부족함이 있는 사람들도 아니었다. 오히려 너무나 따뜻하고 맑은 마음과 영혼을 가진 순수한 여행자들이었음은 분명하다.

지나간 시간들을 떠올려보면 그런 따뜻한 나눔의 여정에서 정작 나는 나눔이나 배려에 인색했던 것 같다. 언제나 욕심 가득한 혼자만의 여행을 하는 중이었고, 늘 받다보니 어느 순간 받는 것에 익숙해져버린 것은 아니었을까? 그때 생각했다. 지금부터 내 여행을 그리고 나의 삶을 사람(여행자)들과 나눌 수 있기를. 그리고 그런 '나눔' 속에 지금의 내 여행이 지속될 수 있었다고 생각한다.

주는 사람이나 주었던 기억을 가지고 있는 사람은 '사랑'을 선택하였을 때 속이 쓰릴지언정 그 선택 때문에 초라해지거나 부끄럽지는 않을 것이다. 반면에 받았던 기억에 익숙한 사람, 그저 받기만 했던 사람은 '사랑' 앞에서 어느 순간 한없이 작고 초라한 자신을 마주할 것이다. 사랑하며 사는 우리들의 삶이 계산 없이 주고받았으면 하는 것이 솔직히 내가 바라는 인생이다. 그렇게 사랑이 끝나고 난 후에는 더 많이 사랑한 사람이 더욱 강해져 있을 것이기 때문이다. 짧은 나의 청춘을 여행하는 동안 배우게 된 하나의 진실이 있다. 가진 것이 없고 능력이 없어도 아낌없이 사랑하고 베푸는 삶을 사는 사람들은 결코 초라하거나 부끄럽지 않은 모습으로 살아간다는 것이다.

그들을 모자람과 어리석음이라는 잣대로 재는 사람들이 있지만, 모자람이 모자란 게 아니고 어리석음이 어리석은 게 아니라는 것이 길 위의 여행자들을 통해 내가 배우게 된 삶의 지혜이고 우리가 꿈꾸어야 할 진실이었다.

그렇게 늘 사람을 여행하며 사람을 통해 내 삶이 조금씩 변화되고 있었다. 꼭 떠남만이 여행은 아니다. 단지 위치이동하는 것을 여행이라고 정의내리지 않기를 바랄 뿐이다. 우리가 살아가는 현실 속에서 스스로 어떻게 생각하고 가치를 부여하느냐에 따라 우리의 삶은 여행처럼 변화될 수 있다.

어느 날 문득 불안함으로 인해 찾아오는 상황들, 누군가를 믿지 못하면서 발생하는 수많은 오해의 순간들이 있다. 아름다운 청춘을 여행하는 지금도 그런 상황들이 닥칠 때마다 그 상황에서 빠져나오기 위해 비상구를 찾거나 만들어 놓으려고 애쓴다. 그리고 그럴 때마다 다양한 사람들과 상황 속에서 내 삶을 나누고 이야기하는 나를 보게 되었다. 때로는 삶을 남에게 걸쳐야 하는 이유가 여기에 있다. 세상 모든 것들은 걸쳐가며 살아가고 있기 때문이다.

때로는 오래된 친구에게 걸쳐야 하고, 이성 친구나 사랑하는 가족에게 자신의 삶을 걸쳐야 한다. 서로에게 걸쳐야 한다는 것은 관계 속에서 살아가는 인간의 삶에 정말 중요한 부분이다. 홀로 걸어가는 지구여행이 아니라 서로가 의지하고 나누고 조금은 분담할 수 있는 연결 관계, 그래서 우리는 서로의 삶에 걸쳐야만 잘 살 수 있는 것이다.

여행, 그 아무것도 아닌 삶의 시작은 2012년 푸른 봄을 내달리던 그때부터 시작되었다. '공간이'(커피트럭 이름)를 몰고 남도의 푸른 들녘과 섬진강을 누비던 카페와 사람 여행이 그 시작이었다. 지금 당신에게 보내는 이 편지는 그곳에서 만난 참 좋은 사람 이야기인데 숨겨 놓았던 편지를 당신에게 꺼내보이려고 한다.

그해 봄은 너무나도 짓궂었다. 전날 밤 폭우처럼 내리던 봄비가 모두 그친 뒤였지만, 잠을 설쳤던 것만 생각하면 아직도 그 봄날을 잊을 수가 없다. 이른 아침에 2층 다락방 창문으로 들어오는 햇살이 너무나도 따뜻하게 느껴질 만큼 정말 춥고 매서운 밤이었다.

밤새 물을 마신 컵 하나를 들고 다락 아래 카페로 내려갔다. 전날 잠을 청한 곳은 1층은 카페이고, 위층 다락은 '도시고양이생존연구소'

라는 게스트하우스였다. 지리산 자락 경남 하동에 위치한 아름다운 곳이었다. 카페에 내려오니 싱크대 위에 설거지해야 할 커피잔이 한가득이었다. 하얗고 자그마한 안캅(Ancap) 에스프레소 잔과 자기로 만든 손잡이가 두툼한 머그잔, 그리고 얼음을 한가득 채우면 너무나 예쁘게 보일 투명글라스들이 널브러져 있었다. 내가 마신 잔들은 아니었지만 선심 쓰듯이 깨끗하게 설거지를 하면서 이른 아침을 시작하기로 했다.

전날 장마처럼 내리던 봄비에 서둘러 숙소로 들어오느라고 보지 못했던 바깥풍경을 보기 위해 카페 문을 열어 젖히고 마당으로 나갔는데, 너무나도 아름다운 풍경에 나도 모르게 멈춰 서버리고 말았다. 서둘러 사진기를 찾아 다시 그 풍경을 담아내며 말이다. 카페 마당 바로 앞에 녹차밭이 펼쳐져 있고 저 멀리 섬진강이 굽이쳐 흐르는 아주 멋진 게스트하우스였다.

저만치에서 인기척이 있다. 카페와 게스트하우스를 운영하는 주인장 내외였다. 지리산 자락에 살고 있는 부부에게 정성스레 나의 핸드드립커피 한 잔을 대접해드렸고, 부부는 내게 블루베리 잼과 치즈를 넣은 토스트를 아침식사로 내주었다. 그것이 우리들의 인사였다. 게스트하우스를 떠나 우연히 경남 하동의 쌍계사로 들어가는 벚꽃 길을 달리며 다음 여행지로 향한다.

가만히 책이나 보며 쉬고 싶은 마음에 찾은 카페 하나, 들어가는 입구에서부터 반해버린 아름다운 카페였다. 마당 입구에는 아름다운 데이지가 한가득이고, 카페에서 얼마 멀지 않은 곳으로 '지리산둘레길'이 지나갔다. 따뜻한 커피 한 잔을 시켜놓고 여행의 기록들을 적어가며 며칠 동안 내가 어디에서 와서 어디로 가고 있는지를 되짚어 보는 중이었다. 그때 예술가의 면모를 풍기는 카페의 젊은 사장이 한 걸음씩 내게 다가오고 있었다. 분홍색 커피트럭 공간이의 모습에 반해버린 것일까? 그가 궁금한 것이 많은 듯한 얼굴로 말을 걸었다.

이 젊은 사장님은 과연 어떤 이야기를 가지고 있을까? 그 또한 너무나 궁금하게 만드는 모습을 가진 사람이었다. 우리는 곧 이야기꽃을 피우게 되었고 많은 청춘의 고민을 나누었다. 이 젊은 주인은 원래 서울에서 DJ를 10년 넘게 하던 분이었다. 시골에 카페를 만들겠다고 하였을 때, 그리고 시골에 내려간다고 하였을 때 주위의 모두가 반대 하였다고 한다. 내가 하는 여행도 반대가 대부분이었기에 더욱 그 젊은 주인의 말을 경청하며 마음으로 위로와 동감을 할 수밖에 없었다. 이 카페는 카페여행자인 내가 보기에도 너무나 아름답고 기억에 남는 곳 중 하나다. 이곳의 이름은 'PLANET 1020'. 내 여행을 지금껏 응원해주는 또 하나의 청춘이 그곳 주인장이며, 내게 사람이 아름다운 여행이라는 것을 알게 해준 인연의 시작이 바로 그였다. 싱그러운 햇살이 들어오던 창가 테이블에 앉아 두 남자는 반나절이 지나도록 서로의 이야기를 들어주었다. 삶의 좋은 향기를 서로에게 나누어주며 좋은 친구가 된 인연이 그곳에 있었던 것이다.

꽤 많은 시간이 흐른 후 일어나 돌아서려는 나에게 선물이라며 건네주신 것은 사진 두 장. 카페를 오픈하기 위해 공사를 하던 어느 날 카페 안으로 들어온 새 한 마리를 찍은 사진이었다. 그 녀석이 들어와 처음 앉은 곳은 부엌에 있는 할로겐조명이었고, 또 한 번은 그날 내가 앉아 있었던 테이블의 한쪽 귀퉁이였다. 사진 속 작은 새 이야기는 나에게 또 하나의 여행이 되어주었다. 내가 여행자로서 당신을 만

 났던 것처럼 저 새도 잠시 여행하듯이 그곳에 들러 당신에게 '쉼'과 잊지 못할 사진 한 장의 기억을 남겨주고 떠났을 것 같아서이다. 내가 앉았던 자리에 너(새)도 잠시 다녀간 여행자였다는 생각을 하면서 젊은 주인의 사진 선물에 마음이 따뜻해지며 그 자리를 떠나게 되었다. 그 사진의 기억이 언젠가는 추억이 될 것임을 나는 알고 있었다.

참 너란 사람은 좋은 사람이구나. 저 새와 같이 잠시 다녀가는 이 여행자에게 '사진 한 장' 선물할 수 있는 그 마음이 너무나도 소중한 추억이 된 지금이다. 지금도 당신을 생각하면 '참 좋은 사람이구나.' 이렇게 기억된다는 것을 당신은 알고 있을는지요. 그렇게 오늘도 사람을 여행하는 중이랍니다.

삶은 의도하는 대로 흘러가는 것이 아니라
노력하는 대로 흘러가는 것이다.
요즘 내 삶이 바로 그랬다.
구름을 그리고 하늘을 그리듯 인생을 그려보자.
내 청춘의 삶을 응원하고 그림을 그려보자.

청춘에게 꿈은 삶의 이정표이자 마침표

언제부터인지는 모르지만 '꿈'을 꾼다는 것은 내 삶의 큰 버팀목이었다. 다만 그 꿈이 현실에 맞닿을 때마다 몽상가가 아닌 꿈꾸는 청춘으로 살았으면 좋겠다는 생각을 했다. 아직도 나의 꿈은 이루어지지 않았다. 요즘도 젊은 날의 청춘을 매일 노니는 중이다. '꿈'을 꾸며 거닐고 있는 중이다.

나에게도 7년간 쉬지 않고 직장생활을 할 때가 있었다. 그때는 나도 남들이 다 가지던 '꿈'을 가지고 살았다. 그 꿈이라는 건 이런 것들이었다. 좋은 직장에 취업해서 사랑하는 인연을 만나고 부모님을 모시고 아름다운 가정을 일궈내는 것. 그것이 내 '꿈'이라고 여기며 살았는데, 너무나 당연하고 소중한 것들임은 분명하지만 그것이 진정한 나의 '꿈'인 줄로만 알고 지냈던 것이다. 분홍색 커피트럭을 타고 떠난 지난 여행 동안 내가 생각한 것 중 하나는 만약 그때 내가 원하던 것들이 진정 내가 원하는 '꿈'인 줄 알고 지금껏 살고 있다면 어뗳게 되었을까 하는 것이다. 그런 생각이 내게 찾아올 때면 몇 번이고 가슴을 쓸어내리곤 한다.

화목한 가정을 일구고 사랑하는 사람들과 인생길을 동행한다는 것은 물론 행복한 이야기다. 허나 누구나 가는 길이기에 자신의 삶이 사라져버려도 때로는 그 길이 성공이라는 척도가 된다는 것 때문에 나 또한 그 대세의 흐름에 쓸려 억지로 원하지 않는 삶을 부여잡고 있었다는 생각이 들 때도 있다. 서른 살 그때, 꿈꾸는 길로 가는 이정표를 제대로 보지 못하였다면 나는 지금도 여전히 책상 앞에 앉아 컴퓨터와 온갖 서류들로 내 청춘의 삶을 살찌우고 있었을 것이다.

간과하지 말아야 할 한 가지는 몽상가와 꿈꾸는 자는 다르다는 것이다. 몽상(夢想)이 아닌 꿈을 꾸는 사람이 되어야 한다. 현실에 안주해 있을 때 몽상가가 될 가능성이 크다. 일상을 흔들어 깨워줄 소중한 사람과 그 선택을 응원해줄 수 있는 사람을 사귀는 당신이었으면 좋겠다. 적어도 나는 그런 아름다운 사람들과 지금의 내 여행으로 조금씩 '꿈'을 꾸며 살아가는 중이다. 이제 서른을 갓 넘긴 나에게 '꿈'은 삶의 이정표이자 마침표가 되어가고 있다.

커피트럭을 타고 떠난 몇 년간의 여행에서 족히 100개가 넘는 카페를 드나들며 수많은 커피와 멋진 공간, 그리고 그곳을 지키던 사람들을 여행하곤 했다. 그 덕분에 세상 사람들은 나를 '카페여행자'라고 부르기도 한다. 사람들은 '카페에서 중요한 것은 커피맛'이라고 한다. 하지만 내 생각은 조금 다르다. 언젠가 책 속에서 읽은 글귀가 생

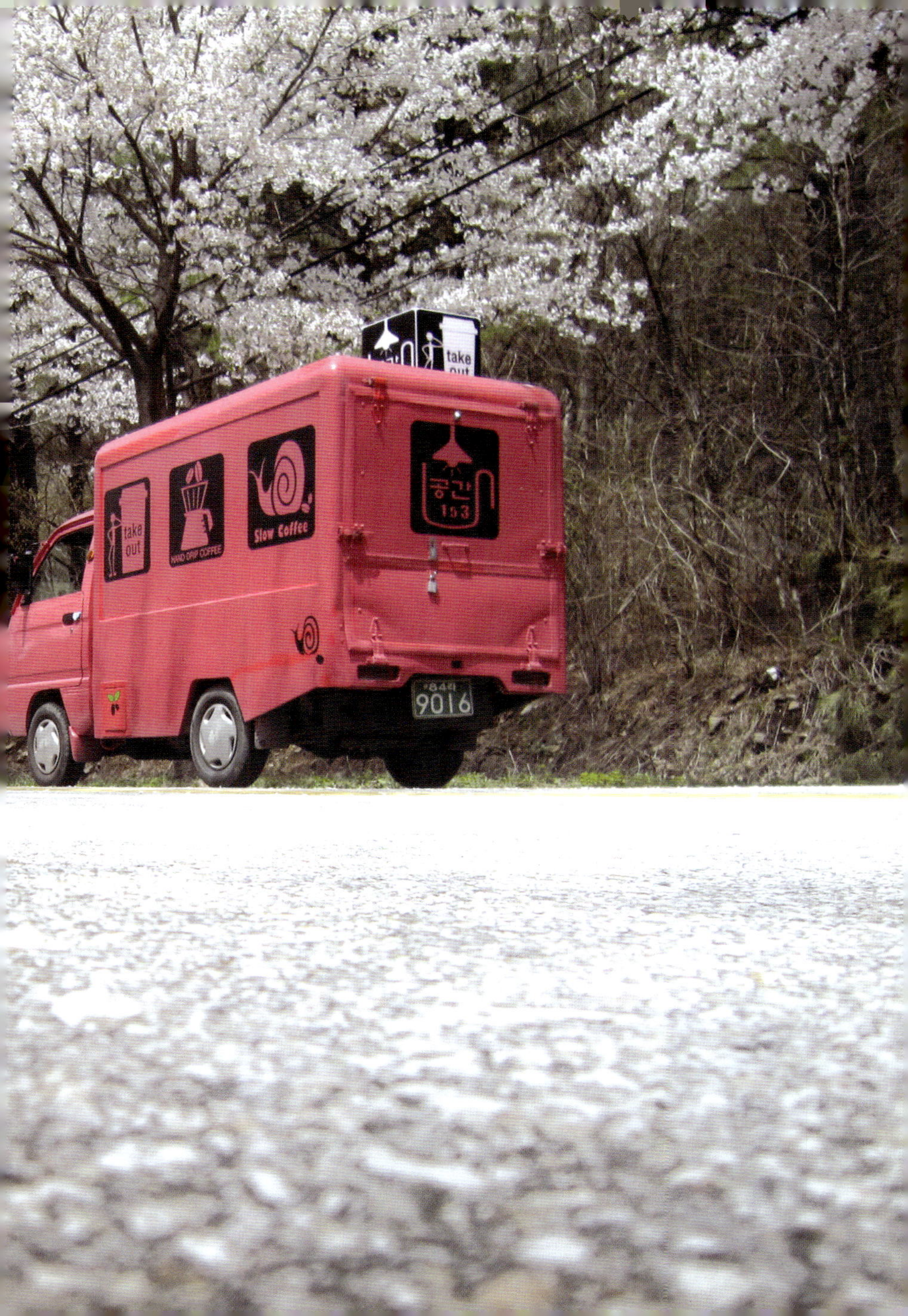
take out
HAND DRIP COFFEE
Slow Coffee
공간
153
9016

각난다. "여행은 일주일이면 일주일, 한 달이면 한 달의 모든 일상이 유보된다." 여행은 그런 것이다. 일상을 떠나 특별한 그 무언가를 만나는 것이 여행이다. 주위에는 잠시 일상에서의 떠남을 자신이 살고 있는 삶의 터전을 버리는 행위라고 여기는 사람들이 있다. 그래서 겁을 내고 용기를 내지 못한다. 여행을 마치고 다시 돌아왔을 때 분명 더욱 행복해질 수 있는데 말이다. 일상의 삶이 끝나는 것이 아니라 잠시 유보된다는 의미는 그래서 매우 중요하다. 어쩌면 우리가 카페에 가는 것도 모든 일상이 잠시 유보되기를 상상하는 것 아닐까?

너무 먼 여행 이야기를 읊조리기보다는
우리의 일상에서 떠나는 여행,

나는 그 시작이 공간(카페)이라고 생각했다. 그곳에는 다양함이 공존한다. 사람도 커피도 문화도 각자 어울리고 좋아하는 이야기도 다양하게 공존하는 곳이 바로 카페라고 생각한 것이다. 다양한 사람을 만나는 것이 내게는 여행이며, 때로는 원두이름도 익숙하지 않은 커피한 잔을 마시는 것이 여행일 수 있었다. 알지 못했던 순간을 마주하는 그 순간과 시간이 내게는 여행이 되었던 것이다. 그런 면에서 나는 정말 많은 물질을 들이지 않고서도 너무 멋진 여행을 하는 중이다. 비록 가난한 '거지여행'이지만 선택하지 못하면 떠날 수 없는 나만의 특별한 '여행'을 나는 늘 만끽하고 있다.

결국 내가 말하는 여행이 가능하려면 카페가 커피를 매개체로 한 마음의 쉼터 같은 곳이 되어야 한다. 카페에서 여행을 떠나는 것은 그리 어려운 일이 아니다. 지금 당장 카페에 앉아 책을 마셔보는 것으로 당신의 여행은 시작될 수 있다. 일상이 유보된 삶을 사는 것만으로도 당신의 삶은 여행이 될 수 있기 때문이다.

낡고 오래된 느낌이 전해주는 세월의 속삭임

사람들은 서로 다른 길을 살아간다. 때로는 길을 걷다가 잘못된 길은 아닌지 뒤돌아볼 때가 있다. 그러나 그 걸음 또한 자신이 선택한 것이고, 혹 지금의 발걸음이 잘못된 것일지라도 우리 삶에 필요한 밑거름이 될 수도 있음을 잊지 말았으면 한다. 적어도 내게는 늦은 후회 속에서도 좋은 밑거름이 된 기억이 많다. 돌이켜보면 공간이를 몰고 지리산을 참 많이도 드나들었다. 지리산은 영적인 기운이 서린 곳이어서인지 재밌는 사람들도 많이 만났다. 철쭉이 만발하던 어느 봄날 지리산 바래봉 쪽을 지날 때였다. 한 할머니가 팔각정 아래에 앉아 창을 하고 계셨다. 판소리에 문외한인 내게 그날의 여행이 잊히지 않는 것은 아마도 구성진 목소리와 익살맞고 유쾌한 노랫말 때문이었을지도 모르겠다.

"일백 년을 산다 해도 병든 날, 잠든 날, 걱정 근심에 힘든 날들! 그런 날들 다 빼고 나면 사십 년도 못 산단다……."_단가(短歌) 〈이산저산〉

저 단가의 노랫말처럼 이런 날 저런 날 다 빼고 나면 너무나도 짧은 게 인생이다. 흘러가버린 청춘을 아쉬워하며 부르는 창을 들으며 나는 우리의 청춘이 더욱 아름답게 쓰이기를 남 몰래 바라고 있었다.

낡고 오래된 것에는 언제나 세월이 속삭이는 오래된 이야기들이 있다. 그 속삭임에 귀를 기울일 수만 있다면 얼마나 좋을까?
지구에는 이미 우리에게 버려지고 방치된 채 남겨진 수많은 공간들이 있다. 때로는 오래되어 기억에서 잊히고 혹은 돈의 논리에서 소외되어 버려진 채 남겨진 그 수많은 공간을 새로운 모습으로 바꿀 수 있을 것이라는 생각에서 나의 여행과 도전이 시작되었는지도 모르겠다. 그 공간이 나는 '시골'이라고 생각했고, 지금 난 미련할 만큼 고집하면서 '시골'에서의 내 꿈을 이야기하곤 한다.
버려지는 것은 분명 가슴 아픈 일이다. 사람들이 떠나고 어린아이가 뛰놀지 않는 시골 풍경은 이제 더 이상 방치되어서는 안 될 우리의 모습이기도 하다. 이를 바꿀 수 있는 것은 오직 사람+삶이다. 우리의 삶은 사람으로 채워져야 하는 것이다. 그것이 내가 사람을 여행하는 '사람여행자(Human Traveler)'로 살아가는 가장 큰 이유다. 분명히 말할 수 있는 단 한 가지는 '사람'은 버려진 것을 다시 살아나게 하는 좋은 텃밭이고, 청춘은 그에 가장 쓸모 있는 밑거름이 된다는 것이다. 그런 면에서 '시골'은 내가 아는 한 가장 낡고 오래되면서 세월의 흔적을 고스란히 안고 있는 이상적인 '공간'이다. 그래서 나는 '시골'을 내 여행의 목적지로 생각하며 살아간다. 언젠가 내 청춘의 편지들이 당신에게 전해진다면 나와 함께 '시골여행자'로 남기를 제안한다.

여기 청춘이 꿈을 꾼다.

여기 청춘이 삶의 주인공이 된다.

청춘은 사람과 삶의 가장 큰 선물이 될 것이다.

버려지는 것은 가슴 아픈 일이지만,

오래된 흔적이 전해주는 속삭임은 참으로 따뜻한 감동이 될 것이다.

오늘도 나는 내 청춘을 응원한다.

내 꿈보다는 작은 고물차

살면서 누구에게나 세 번의 기회는 온다고들 한다. 하지만 그 기회를 알아볼 수 있는 사람은 얼마나 될까? 그렇게 준비되어 있는 청춘이 과연 얼마나 될지 늘 의문이다. 더욱이 기회가 꼭 인생의 성공을 만든다고도 생각하지 않는다. 성공을 쫓아가다 꿈을 놓치는 삶이 되지 않기 위해서 나는 어느 날부터 필연의 삶을 믿기로 했다. 모든 것은 계획되어 있는 것이고 그 계획 속에 내가 있으며, 진심과 열정으로 살아갈 때 모든 이의 꿈은 가장 이상적인 삶이 될 수 있다고 생각하게 된 것이다.

기회를 쫓아 살아가는 것에 어느 정도 익숙한 우리의 청춘들, 저 기회만 잡을 수 있다면 부정한 것이어도 괜찮다고 생각할 때도 있다. 많은 돈을 버는 것이 꿈인 것처럼 살아가는 그대들, 그리고 나. 아름다운 꿈을 위해 살아가기에도 부족한 청춘의 시간 앞에서 그저 좋은 기회만을 엿보는 우리의 모습을 볼 때면 슬픔에 잠기게 된다. 아마

나조차도 그런 삶을 포기하지 못했기 때문일 수도 있다.

기회를 쫓아 살기보다는 철저한 계획과 노력을 바탕으로 모험을 두려워하지 않고 도전하는 열정으로 행동하는 삶이 되어야 진정한 꿈을 만들기 위한 인생이 되지 않을까? 앞으로 살면서 큰 모험 속에 내가 있을 것 같다. 그 도전이 어떤 모습으로 다가오게 될지 두렵기도 하지만 기대와 설레는 마음도 늘 간직하려고 한다. 도전과 두려움 모두 내 안에서 기인한다는 것을 잊지 않고 스스로를 잘 알고 도전하는 내가 되기를 소망한다.

또 다른 청춘의 편지를 써보려고 한다. 커피트럭과 함께 여행을 시작한 지 얼마 되지 않았을 때의 일이다. 한 대학생이 커피트럭에 손님으로 찾아왔다. 그는 래퍼와 작사가가 되는 것이 꿈이라고 했다. 커피 한 잔을 마시고 떠난 그 학생이 얼마 후 나의 삶을 담은 '글귀'를 노랫말로 만들어 보내왔다. 노랫말 선물을 받은 그날 나는 일상여행을 만끽하며 즐거운 하루를 보냈다.

"난 지금 행복을 담은 차 속에서 추억을 팔아~
손에 쥔 돈보단 미소가 달아서 작은 컵에 감사를 담았어~

꿈보단 작은 차! 아니 어쩌면 삶은 다!
작은 터에서 금을 캐는 것처럼 힘들다는 것을 알았어.

낮은 천장에 허리가 아파도
눈 감을 수 있는 공간에 만족하는 삶 그거면 됐어~"

노랫말에는 한 여행자가 바라본 길 위의 작은 로드카페 공간이와 나의 모습이 담겨 있었다. 내가 작은 커피트럭에서 사람들에게 파는 것은 우리의 젊은 청춘여행과 추억일 수도 있을 것이다. 언제나 커피를 내리면서 '맛있어져라' 주문을 외우며 담아내고 대접했던 나의 마음도 그 여행자는 잘 알고 있었던 것 같다.

어찌 보면 내 꿈보다는 작은 차 안에서 사는 모습이 이리저리 부딪히며 사는 힘든 삶처럼 비춰졌을지도 모르지만, 나는 지금 낮은 천장 아래 들어가 앉아서 세상을 바라봄에 만족하며 지내고 있다. 낮은 지붕 아래에서 살며 때로는 고개를 숙이고 허리를 굽히는 모습 속에서 겸손할 줄 아는 자세로 욕심을 벗어던지는 훈련을 하는 중이기 때문이다. 나는 조금으로 살 수 있는 삶을 택하기로 했다. 조금이 내게는 지금을 가능하게 하는 큰 힘이 되어주고 있기 때문이다. 내 꿈보다 작은 고물차일지라도 그 안에서 꿈을 그리는 오늘이 너무나도 즐겁기만 하다.

그때 나는 비를 여행하는 중이었습니다.
소나기가 내리기에 밖에 나가보았습니다.
소나기가 참 보기 좋게도 내리고 있었습니다.

내리쬐던 여름날의 뜨거운 뙤약볕 아래
반갑게도 참 시원하게도 내립니다.
소나기가 땅 위를 적실 때는
특유의 냄새가 납니다.
빗줄기가 뜨거운 대지 위를 적시는
냄새입니다.
흙냄새 같기도 하고,
텁텁하게 코끝을 자극하기도 합니다.

바로 소나기 냄새입니다.
그 어떤 무엇보다
잠시 소나기가 내려서 좋았습니다.
시원하고 텁텁한 흙냄새 나는
소나기가 좋았습니다.
그때 나는 비를 여행하는 중이었습니다.

색다른 공간 '잼있는커피 티읕'

장맛비처럼 비가 내리던 그해 봄날의 여정은 여전히 계속되고 있었다. 억수같이 내리던 봄비가 잦아들고 난 후에도 남도여행은 이어졌다. 그때 나는 카페여행을 하는 중이었으니까 엄밀히 말하면 카페를 찾는 중이었다고 해야 할 것 같다. 그때 전라남도 구례에서 만난 작은 카페이야기를 당신에게 편지로 남겨보려고 한다.

도시의 화려함은 없지만 시골의 정겹고 투박한 거리에 자리한 빈티지한 색채의 색다른 공간이었다. '잼있는커피 티읕'이라는 카페 이름부터 너무나 재미있는 곳이었다. 주인장의 이름은 '모모'인데 아직도 모모의 본명은 알지 못한다. 주인장이 직접 통돌이 로스터로 생두를 볶고 핸드드립커피와 더치커피, 그리고 모카포트 등 수동 추출 도구로만 커피를 추출하는 이색적인 카페이다. 내가 그녀에 대해 아는 것이라고는 구례의 시골밴드 기타리스트이며 보컬을 맡고 있다는 것과 남편이 자기를 만드는 장인이라는 것뿐이다. 무엇보다 맛있고 이색적인 커피들을 구례에서 만날 수 있다는 것이 나를 더욱 흥미롭게 만들고 있었다.

처음 핸드드립커피를 접하는 사람들 중에는 원두 종류가 워낙 다양하다보니 어떤 커피를 골라야 할지 고민하게 된다. 그러나 '잼있는커피 티웁'에서는 그런 여행자들과 손님들을 위해 '모모'가 직접 만들어놓은 'Roller' 메뉴판이 준비되어 있으니 걱정은 붙들어 매도 될 것 같다. 가게 이름이 왜 '잼있는커피'인지 알게 해주는 대목이다. 궁금증이 생겨서 나중에 '모모'에게 넌지시 물어봤더니 '티웁'은 차 티와 이웃웁의 합성어라고 했다. 사랑하는 이웃들과 커피와 차 한 잔 나눌 수 있는 투박한 시골의 재미있는 카페에서 잠시 여행을 떠나보는 것도 좋을 듯하다.

카페에서 모모가 직접 로스팅한 여러 나라의 원두를 손님 앞에서 추출하는데 맛과 향뿐만 아니라 눈으로도 즐길 수 있는 매력 있는 카페이다. 여행을 떠나와 눈까지 즐기며 마시는 커피는 누구나 흉내낼 수 없는 쌉싸름하고 향긋하고 깊은 맛이다. 이 카페는 매우 작은 공간으로 구성되어 있는데, 입구 쪽에 놓인 작은 테이블 몇 개와 바 형태의 긴 테이블이 전부이다. 공간은 비록 협소하지만 카페의 넘치는 매력을 발산하기에는 너무나 훌륭한 곳이다. 남도 사투리 중에 무언가 매

우 흡족할 때 쓰는 '오지다'라는 말이 있는데, 그 표현이 딱 어울리는 공간이었다. 작은 소품들과 오래된 LP판들까지도 모두 있어야 할 자리에 놓여 있었다. 공간은 작지만 카페 안의 아름답고 아기자기한 매력까지 작게 할 수는 없는 곳이었다.

길쭉한 테이블은 참 재밌는 공간이다. 모모의 맛있는 커피와 카스텔라를 뚝딱뚝딱 만들어내는 신기한 부엌과 그 향긋한 커피를 대접받는 손님들이 서로의 경계를 만들어내면서 카페 안에 더욱 멋스럽고 특별함을 강조하는 테이블이다. 또 한편으로는 모모와 여행자들의 따뜻한 속삭임이 있는 그런 테이블일 터이다. 내가 생각하는 시골 카페의 모습과 너무나도 닮아 있던 이곳, 커피트럭을 타고 떠났던 여행 초반에 만난 '잼있는커피 티읕'은 나에게 잊을 수 없는 선물 같은 공간이다. 아마 시골을 사랑하고 그곳을 지켜가는 도시이민자인 모모 식구의 모습을 보면서 그들이 꿈꾸는 그곳에서의 삶을 나 또한 동경하고 있었던 것 같다.

이 카페의 또 하나의 매력은 다름 아니라 '시간'이다. 점심때 도착했는데 카페에 앉아 이런저런 얘기를 나누다보니 어느덧 해가 저물어가는 늦은 오후가 되어가고 있었다. 해질녘 입구 쪽 스테인드글라스 창에 햇빛이 드리우며 아름다운 색감이 카페 안을 휘감을 때 '시간'이 선물해주는 따뜻한 분위기가 연출된다. 해질녘에 카페 '잼있는커피 티읕'을 찾아가보는 것도 또 하나의 팁이 될 것 같다.

'잼있는커피 티읕'은 시골에 있지만 시골스럽지만은 않은 정취가 있어 좋았고, 그렇다고 도시처럼 경직되거나 딱딱하지 않아서 좋았다. 음악과 커피를 좋아하는 사람들이 있고, 때로는 여행자들이 잠시 들러 삶을 얘기하는 작은 쉼터라 더욱 인상적이었다. 사람들은 화려한 인테리어나 커피맛, 안락하고 편한 의자 등을 카페를 선택하는 여러 이유로 내세우지만 그 모든 것을 따지지 않고 잠시나마 당신의 삶과 여행을 이곳에서 멈춰서보는 것은 어떨까? 여기 카페 '잼있는커피 티읕'에서 말이다.

🏠 /Cafe in/ 잼있는커피 티읕
주소: 전라남도 구례군 구례읍 봉동리 317-9번지 구례경찰서 앞
전화: 061. 783. 0213 카페: http://cafe.daum.net/723momocoffee
영업시간: pm 12:00~pm 10:00 휴무일: 매주 월/화요일

카페 알고 가기

카페 '잼있는커피 티읕'의 테이크아웃은 자신의 컵이나 텀블러, 물통을 가지고 있어야만 가능하다. 부득이하게 준비를 못했을 때는 카페에서 에코컵을 빌려주는데, 다음에 올 때 돌려주면 된다. 환경을 생각하는 착한 카페이다.
매달 첫째 주 토요일 7시에는 '미나리컬렉션'이라는 재미있는 공연과 이벤트가 펼쳐지니까 확인하고 방문하는 것도 좋겠다.

노란색, 파란색, 어떤 색이든
색안경을 끼고 바라보지 말자.
색안경을 낀 채 삶을 바라보는 여행자는 되지 말자.
사람을 여행하는 것은 자신의 아집 속에서
나와 세상을 만나는 것이다.

누에가 고치 안에 갇혀 있듯이
삶과 세상을 바라보지 말자.
알고 있을지 모르지만 그 작은 고치 안에는
언젠가 푸른 하늘을 날아오를
나비 한마리가 잠자고 있다.
세상의 잣대나 이미 관습화된 채 살아온
나와 너에게 나비가 되어
삶을 바라볼 수 있는 특별함을 선물하고 싶다.

변해야 한다.
나 먼저 변해야 한다.
분명한 것은 내가 변하지 않는 삶은 가족도,
세상도 그 어떤 것도 변화시킬 수 없다는 것이다.
정해진 틀에 가두려 하지 말고 주어진 그대로,
조물주가 손단 그대로 그렇게
온전히 바라보는 삶을 살아야 하지 않을까.

여전히 지리산을 맴돌고 있었다

1년이 지난 후 다시 찾은 지리산 자락. 모모의 소개로 숨겨진 산속 은둔자를 만나러 가는 길이었다. 그때 나는 KBS 촬영팀과 내 여행을 소재로 한 휴먼다큐를 제작 중이었는데, 한 달 남짓의 촬영으로 너무나 피곤하고 지쳐 있었다. 어찌되었든 간에 모모가 알려준 대로 경남 하동의 쌍계사 방향으로 차를 돌렸다. 알고 있는 것은 '나무산조'라는 나무공방 이름뿐이었다. 촬영팀과 함께 찾아낸 그곳은 아주 낡고 허름한 몸체에 슬레이트 지붕을 얹어놓은 오래된 시골집이었다. 대문 앞에 붙어 있는 '나무산조'라는 명패만이 이곳을 조금 특별해 보이게 했다.

처음에는 이곳이 어떤 곳인지도 모른 채 그저 괴짜 여행자 또는 은둔자를 만나고 싶은 마음에 들떠 있기만 했다. '산조'는 하동의 지리산 자락에 혼자 들어와 향갑(香匣)을 만드는 일을 하는 나무공방의 주인이었다. 낮은 지붕 아래로 고개를 디밀고 들어간 공방 안채는 너무나도 다른 모습을 하고 있었다. 나무를 깎아 만든 여러 소품과 생활용품들, 방안의 바닥마저도 나무토막들로 만들어져 있어 몽환적이면서도 참 이색적인 공간이었다.

멀리서 온 손님이라며 반갑게 맞아주시던 주인장은 직접 내린 커피를 대접하고 싶다면서 나를 자리에 앉힌다. 직접 만든 아름다운 목조 테이블 위에 융드리퍼가 놓여 있었다. 어디선가 커피원두를 꺼내더니 직접 깎아 만든 나무 계량스푼으로 나무절구에 빻기 시작한다. 보통은 핸드그라인더나 전동그라인더에 커피원두를 넣어 분쇄하는데 그 분쇄 방법이 너무나도 신선하다.

그리고는 포트를 대신해 따뜻한 물을 담아 놓은 보온병으로 커피를 추출하기 시작한다. 내가 알고 있는 방법과는 너무나 다른

모습이었지만 커피맛을 보고 난 후 모든 염려는 사라지고 말았다. 커피 로스팅도 직접 하는데 가마솥에 불을 지피거나 군불을 때고 난 후 남은 숯불에서 원두를 볶는다고 한다. '숯불로스팅'. 그야말로 진정한 커피 장인을 이렇게 깊은 지리산 자락에서 만날 줄이야. 나도 모르게 즐거운 비명이 새어나왔다. 커피를 마신 후 '산조' 님이 물 한 잔을 예쁜 도자기 컵에 따라 테이블 위에 쓱 들이밀었다. 과연 그 물

맛은 잊을 수 없는 내 인생의 가장 맛있는 맛이었다. 향긋한 커피를 마신 후 따뜻한 물 한 잔은 미각에 색다른 선물을 안겨준다. 혹여 기회가 된다면 카페나 집에서 커피를 마실 때 마지막에 따뜻한 물 한 잔을 마셔보도록 권한다. 내가 만난 그날의 그 물맛은 아니겠지만 분명 물맛이 꿀맛 같을 것이다.

카페여행자로 살면서 난생 마셔본 적 없던 색다른 커피 한 모금을 마신 후 돌아본 '나무산조'의 모습은 커피보다 더 향기롭고 다채로웠다. 사실 공방의 주인인 '산조' 님은 몇 년째 이곳에서 향갑을 만드는 일을 주업으로 하고 있다고 했다. 처음에는 향갑이 무엇에 쓰는 물건인지 잘 몰랐는데 나무로 만든 향갑 안에 향을 넣고 마치 숨구멍을 내놓은 것처럼 보이는 나무 틈 사이로 흘러나오는 연기를 보고 있노라면 누구나 산신이 된 것처럼 마음이 여유롭고 차분해진다. 때로는 춤을 추는 듯하고 물 흐르듯이 움직이는 아름다운 춤사위를 보고 있으면 때로는 황홀하기까지 할 정도다. 그렇게 향 연기의 춤사위에 심취해 있을 때 '산조' 님이 불쑥 말을 걸어온다. 숨을 내쉴 때 고개를 돌리며 내쉬라고 말이다. 무슨 말인가 했더니 사람이 내쉬는 숨만으로도 향갑에서 나오는 연기의 형태가 변하기 때문이라고 한다. 다시 말해 내가 내뿜는 숨만으로도 향갑의 춤사위를 바꿔놓을 수 있으니 조심하라는 것이다. 때로는 이처럼 그대로인 것이 좋다. 자연 그대로 놓아두는 것, 방안을 맴돌고 있는 공기의 흐름과 계절과 바람 따라 그대로 허락하는 것. 나는 향갑에서 뿜어 나오는 연기 하나에도 많은 지혜를 얻었다. 이렇게 내가 알지 못한 무엇인가를 만날 때 나의 머릿속에 '여행'이라는 단어로 기억된다.

오랜 여행자의 삶에서 나온 내공일까? 그곳에 있는 동안 나는 시간이 멈춘 듯 내가 살고 있는 세상에서 벗어난 것 같은 느낌이었다. '나무산조'는 자연을 사랑하는 여행자가 살고 있는 아름다운 여행지처럼 느껴졌다.

지리산에는 이런 사람들이 있다고 한다.

지리산을 팔아먹는 사람,

지리산을 짝사랑하는 사람,

지리산과 함께하는 사람.

'산조' 님은 바로 지리산과 함께 더불어 사는 사람 같았다.

'산조' 님이 만든 향갑에 향을 피워봅니다. 밖으로 뿜어져 나오는 연기의 모습이 너무나도 아름다워 잠을 이룰 수 없네요. 향을 피울 때는 숨도 조심히 내쉬어야 하죠. 향의 온전한 모습을 지켜보기 위해서 말입니다. 춤을 추기도 하고 안개 같기도 하고 폭포수처럼 흘러내리기도 합니다. 아름다운 곳에서 선뜻 하룻밤 묵고 가라고 하는데 거절할 수가, 아니 거절하고 싶지가 않습니다. 그렇게 나는 낯선 여행자에서 아름다운 집의 주인으로 남아 홀로 그 밤을 보냈습니다.

"고향을 모르듯"

"목적지를 알지 못해요"

"삶에 머물며"

"강물에 떠가는 나뭇가지처럼"

"흘러가다 현자에 걸린 우리"

"그대는 나를, 난 그대를 이끄네."

"그것이 인생"

"그댄 날 모르는가? 아직 날 모르는가?"

영화 〈비포 선라이즈〉의 대사다. 오랜만에 여행을 끝마치고 돌아온 집에 홀로 앉아 영화를 보았다. 영화 속 대사가 자꾸 귓전에 맴돈다. 목적지를 알지 못하는 우리의 삶이란 게 마치 여행자의 삶과 닮았다.

작은 어촌항구에서 만난 사람

지리산 자락을 여행하던 어느 날 바다가 무척이나 보고 싶어졌다. 공
간이를 끌고 남해바다로 무작정 내달려 늦은 밤중에야 남해의 아주
작은 어촌항구에 도착했다. 너무나 피곤한 나머지 대충 저녁을 만들
어 먹고 트럭 안에 침낭을 펼쳐 잠을 청했다. 언제 잠이 들었는지도
모르게 잠이 들었지만 트럭에서의 불편한 쪽잠은 어김없이 이른 새
벽부터 깨어나게 했다. 밖은 날이 밝아 있었고 아침으로 향하는 중이
었다. 가끔 내가 향하는 곳이 아침으로 가는 길목인지 아니면 오늘로
가는 태양인지 그 알 수 없는 찰나의 경계에서 헤매고는 한다. 마치
어디로 가서 어디에 있을지 알 수 없는 나의 여정처럼 말이다.
일어나보니 '물건항'이라는 아주 작은 항구였다. 그 작은 마을에 '카
페MARINE'과 그곳을 지키는 사람들이 있었다. 작은 배들과 부둣가
풍경이 전해주는 오래된 이야기 같은 느낌이 너무나 좋았다. 흔히 남
해하면 독일마을과 같이 떠오르는 유명한 여행지들이 있지만, 물건
항은 지명도 익숙하지 않고 사람들도 많이 찾지 않는 한적한 어촌의

모습을 간직하고 있었다. 아직은 사람들이 잘 알지 못하는 곳에서 멋진 카페를 만났다. 향긋한 커피 한 잔을 마시며 창가에 앉아 바라보는 시골포구의 모습이 너무나도 정겹고 아늑했다. 마치 나만이 아는 공간이라는 설렘을 간직하는 것처럼 너무나 좋은 시간이었다. 뉴질랜드에서 이민생활을 하다가 물건항에 '카페MARINE'을 만들어 세상과의 여행을 시작한 젊은 부부는 이곳의 한적함에 매력을 느꼈다고 한다. 사람들은 저마다 이야기를 찾아 여행을 떠나곤 하는데 언젠가 물건항의 '카페MARINE'에도 그런 여행자들이 찾아들 것만 같다.

1년 후 다시 찾았을 때 '카페MARINE'의 따뜻한 마음씨를 가진 부부와 향긋한 커피는 그대로였다. 변한 것이라면 계절뿐인 그날의 오후였으며, 좀 더 깊어진 여행자로서의 내 모습이었다. 내가 생각하는 공간의 개념은 꼭 '장소'가 변할 필요는 없다고 생각한다. 장소는 그대로여도 '공간'의 분위기를 내 방식대로 바꾸면 되기 때문이다. '장소'라는 물리적인 위치는 그대로 두되 내가 만든 '공간'에 대하여 느끼는 일반적인 인식에 조금의 변화가 생기도록 만드는 것이다. 그 변화의 중심에 있는 것이 바로 '감성'이다.

내가 꿈꾸는 아름다운 공간으로의 여행. 그 중심에는 아름답고 따뜻한 감성, 착하고 좋은 감성, 사랑하고 싶게 만드는 애틋한 감성들까지 내 안의 감성을 자극하는 것들이 녹아 있기를 바란다.

소녀와 포토그래퍼

봄날 떠난 여행을 마치고 돌아오니 무더위가 한창인 여름이 되어 있었다. 몇 달 전에 보았던 풀과 나무들이 더욱 선명한 푸름을 간직하고 있었다. 그렇게 나는 작은 커피트럭 공간이와 함께 다시금 집으로 돌아왔다. 낮에는 원두를 볶으며 커피장사를 준비하고 휴식을 가지는 틈틈이 내 고향의 아름다운 풍경을 보기 위해 들로 산으로 쏘다니곤 했다. 작은 똑딱이 카메라를 들고서 말이다.

저녁이 되면 분홍색 커피트럭을 타고 도시로 달려가 핸드드립커피로 조금의 생활비를 벌고 있던 어느 날 커피트럭으로 찾아온 한 사람이 있었다. 얇고 갸름한 얼굴에 짧은 스포츠형 머리를 하고 한 손에는 커다란 렌즈의 카메라를 든 그는 하얀 새치가 제법 잘 어울렸다. 시원한 핸드드립커피 한 잔을 주문했다. 사진을 찍는 일이 주업이라는 중년의 포토그래퍼였는데, 분홍색 공간이의 모습이 너무나 예쁘다며 연신 사진을 찍었다. 그 후로 지날 때마다 잊지 않고 커피를 즐겨마시던 그 중년의 포토그래퍼와 삶의 이야기를 나눠가며 때로는 사진 한 장, 커피 한 잔으로 나이를 뛰어넘는 우정을 쌓게 되었다. 나와 커피트럭이 그저 포토그래퍼의 카메라에 담길 멋진 피사체만이 아니라 함께 이야기할 친구이고 서로의 인생을 여행할 여행자라는 것을 그는 알고 있는 듯 보였다.

어느 날 그가 카메라에 담아 선물해주었던 사진 속에는 5년 만에 다시 만난 '은희'의 모습이 담겨져 있다. 10년 전쯤 한 캠프에 중학생으로 참가했던 꼬마소녀가 어엿한 스무 살 숙녀가 되어 길 위에서 다시 만나게 된 것이다. 깊은 밤으로 가던 길목에 만나 반가운 마음으로 내 커피트럭 속으로 환한 얼굴을 디밀던 그녀의 모습이 사진 속에 있었다.

오랜 세월 잊지 않고 나를 찾아준 한 소녀의 모습에 너무나도 행복했고, 사람과 공간 그리고 시간을 담아낸 한 장의 사진이 나를 또 웃음 짓게 했다. 그리고 이 모든 이야기를 한 장의 사진에 담아내준 그 포토그래퍼의 마음 덕분에 그날 밤 너무나 행복하고 아름다운 여행을 했다.

그런 감동, 그런 느낌, 그런 행복이 또 없을 것 같은 밤이었다. 무더운 여름날 밤 우리의 이야기는 사진처럼 아름답고 붉게 익어가고 있었다. 인연은 그렇게 늘 주위에 있다. 걸어가는 길 위에서 만난 당신, 잠시 머문 공원 벤치에서 만난 사람, 오늘도 잠시 스치듯이 만났던 좋은 인연들이 우리 주위에 있는 것이다.

커피트럭의 밤을 수놓는 당신들이 있습니다.

두 손 꼭 잡고 밤을 거니는 연인들의 달콤한 밤,

손자와 함께 여름밤 공원 산책을 나오신 할머니의 밤,

가로등 불빛 아래 비친 여행하는 커피트럭과

여행자의 삶을 비추는 그 밤을 나는 잊을 수 없습니다.

여름날 늦은 밤 시원한 '바람' 이 불어오는 것 같았습니다.

그렇게 당신을 여행하며 나는 청춘을 살고 있습니다.

당신이 내게 여행입니다.

서른 살 나, 그리고 여행

누군가가 박노해 시인의 〈들어라 스무 살에〉라는 시를 내게 들려주었다.

반항아가 살지 않는 가슴은 젊음이 아니다

탐험가가 살지 않는 가슴은 젊음이 아니다

시인이 살지 않는 가슴은 젊음이 아니다

너는 지금 인류가 부러워하는 스무 살 청춘이다

스무 살 폐부 속에 투지도 없다면
스무 살 심장 속에 정의도 없다면
스무 살 눈동자에 분노도 없다면
알아채라, 네 젊음은 이미 지나가 버렸음을

들어라 스무 살에

혁명가가 살지 않는 가슴은 젊음이 아니다.

작고 보잘것없을지 모르지만 내 전부인 분홍색 커피트럭을 몰고 이리저리 여행하며 커피를 팔고 있다. 때로는 하늘을 바라보다가 하늘 위 날아가는 비행기에 앉아 있었으면 할 때도 있었고, 유럽과 남미로 떠나는 혼자만의 배낭여행을 꿈꾸기도 하였다. 하지만 가진 것이 없는 나는, 이런저런 이유와 욕심을 버리지 못하는 나는 그저 때묻지 않은 용기만으로 살아가고 있다. 서른 살 나는 내게 들리는 세상의 외침에 무엇으로 반응하며 살고 있는지 아직은 알지 못한다. 좀 더 솔직히 말하면 꼭 세상으로부터 듣고 대답하며 살아가는 삶이고 싶지 않기도 하다.

푸른 하늘 위 떠가는 비행기를 바라보는 오늘, 푸르고 높은 저 하늘을 지붕 삼아 내리쬐는 뙤약볕 아래 힘겹게 커피트럭을 몰고 향긋한 커피를 내리고, 사람을 만나는 여행 속에서 당신의 이야기를 만나며 살고 있다.

지금이 좋고, 오늘에 최선을 다하는 중이다. 어찌 보면 가진 것 없어도 물질 앞에 흔들리거나 억눌리지 않는 지금의 내 삶, 세상 그 어떤 아름답고 멋진 카페보다 길 위에 서 있는 작고 허름한 '공간이' 카페에서의 삶, 배낭을 메고 떠나는 멋진 여행은 아니지만 내 삶과 당신의 삶을 내 어깨에 걸쳐 메고 떠나는 이 여행, 내 청춘과 삶을 이야기할 수 있는 '용기'가 지금의 나를 지키고 살게 하는 것이다.

오랫동안 꿈을 그리는 사람은 마침내 그 꿈을 닮아간다는 어느 작가의 말처럼 커피와 여행으로 그리는 내 청춘의 삶은 점점 꿈을 닮아가고 있다. 오늘도 난 여행 중이다.

일상 속에서 오늘 내가 만난 여행은 '꽃'이다.

콘크리트로 만들어진 도시와

치열한 우리의 삶 속에서도 '꽃'은 피었다가 사라진다.

다만 우리의 눈과 마음이 저 '꽃'을 보지 못하고

이 '봄'이 잊혀질까 두렵다.

내 안의 특별함을 만나는 그날이 나에게는 여행이고 치유이다.

내가 만난 오늘은 '꽃'과 같은 여행이었다.

한 잔 커피에 담긴 우리들의 자세

한 잔의 커피를 마시는 수많은 사람들이 있다. 그들의 사연은 제각각
일 것이며, 커피 한 잔을 대하는 자세도 저마다 다를 것이다. 한번은
환갑을 맞아 여행을 떠나온 부부를 만난 적이 있다. 오래된 이야기들
을 머금은 채 커피트럭을 찾아준 그 부부는 그저 커피 한 잔을 위해
길 위에 멈춰선 것이 아니었다. 언젠가 미디어를 통해 내 여행 이야
기를 접했던 한 분이 가던 길을 돌려 내게 온 것이라고 했다. 부부는
누가 봐도 존경할 만한 인품을 갖춘 듯한 분들이었다. 무엇 하나 부
족할 것 없어 보이는 그들이 편히 앉아 기대 쉴 수 있는 수많은 카페
를 마다하고 길 위에 덩그러니 놓여 있는 낡고 허름한 커피트럭으로
찾아온 것만으로도 나는 무척이나 즐겁고 행복했다. 커피 한 잔을 마
시기 위해서가 아니라 아들 같은 한 청춘의 삶을 격려하고 그 향기를
맡기 위해 가던 길을 돌아왔음을 나는 알고 있다.

세상 사람들은 한 잔의 커피에 담긴 달콤함 또는 쓴맛을 찾아내기를

좋아한다. 그 어떤 좋은 향수보다 코끝을 자극하는 커피 원두의 달고 오묘한 향미를 좋아하기도 한다. 어떤 날은 한 잔의 커피와 함께 추억이 되어버린 그때 그 시절 그 시간까지도 다 같이 음미하며 사는 우리들의 모습. 그렇게 오늘과 내일의 일, 그리고 어쩌면 너무나도 먼 나라의 이야기들까지도 커피 한 잔과 함께 음미하며 살아가고 있는 것이다.

하지만 나약한 우리는 불현듯 찾아오는 고통과 좌절 앞에서 무릎을 꿇는 일이 비일비재하다. 물론 나조차도 그렇다. 예기치 못한 어떤 일들이 목 조르고 힘들게 할 때마다 나도 고통과 좌절을 맛보았기 때문이다. 견디기 힘든 어려운 일들이 닥칠 때면 언제부턴가 이런 생각을 하고는 했다. 힘든 일도 찾아오는 아픔도 마치 별일 아닌 것처럼 쓴 커피 한 잔을 마시며 훌훌 털어버리고 지나갈 순 없을까? 카페에 앉아 커피 한 잔을 마시며 때로는 누군가를 헐뜯거나 칭찬하기도 하며 세상과 삶을 곱씹듯이 말이다. 그리고 그 순간마다 이런 다짐과 결심을 했다. 오랜 여행을 끝마치고 삶에 잘 적응할 수 있는 따스한 마음가짐과 때로는 무거운 굴레의 짐을 잘 견디어낼 줄 아는 냉철한 이성을 가진 내가 되기로 말이다. 살면서 닥치는 쓰디쓴 일들마저도 웃음 지으며 음미할 수 있는 달콤한 여유가 우리에게 있었으면 하는 바람이다. 그 여유의 시작에 일상으로 떠나는 우리의 여행이 있기를 나는 바란다.

내가 바라는 삶

내가 바라는 삶이란 지금처럼 앞으로도 잘 살아가는 것이다. 다르게 말하면 지금에 만족할 줄 아는 삶이 되는 것이다. 나는 세상 사람들이 SNS라고 일컫는 인터넷 공간에 글을 적는 여행자였다. 언제인지는 알 수 없지만 누군가 내 글에 이렇게 답했던 게 기억에 남는다. "당신이 바라는 삶이 내가 살고 싶은 삶과 닮아 있네요." 가슴이 뭉클했다. 그저 내 머릿속을 떠돌던 생각을 부여잡고 끄적인 것이 전부인데, 그것에 동감하는 이가 있다는 것은 내게 너무나 가슴 따뜻한 일이었다.

내가 바라는 삶, 그 삶이란 이런 것이었다.

눈을 뜨고 바라보면 산과 들이 펼쳐지는 내 고향 산천에 머물고 싶다. 봄, 여름, 가을, 겨울. 계절에 따라 변화하는 시골의 아름다운 풍경을 동경하며, 때로는 흘러가는 집 앞 도랑에 직접 내린 커피 한 잔을 실어 보내는 우스꽝스러운 상상을 해보기도 한다. 마크 트웨인의 《허클베리 핀의 모험》에서 허클베리 핀이 미시시피 강가에서 모험을 떠나던 모습처럼 숲이 있는 지척에 손수 집 한 채를 지어놓고 사랑하는 사람과 좋아하며 아끼는 친구들과 함께 술 한잔 마실 수 있는 삶을 바란다.

때로는 사랑하는 이와 때로는 마음 맞는 친구와 아주 가끔은 혼자서 재미지게 그 시골을 여행하며 살고 싶다. 비록 진수성찬은 아닐지라도 때가 되면 정성스레 만든 나물에 고추장과 들기름을 넣어 쓱쓱 비벼서 한 숟갈 푸지게 입에 넣고, 툇마루가 있는 처마 밑에 둘러 앉아 별이 쏟아질 듯한 밤하늘을 올려다보는 그런 여름밤을 살고 싶은 것뿐이다.

마음의 여유가 안겨줄 그 풍족함을 나는 안다. 조금이 더욱 큰 것으로 가는 길이라는 것을 나는 알고 있다. 지금 주어진 삶이 풍요로울 수 있다는 것이 얼마나 감사하고 고마운 일인가? 그게 바로 '행복'이고, '성공한 삶'이고, '천국'이 아닐까. 많이 가져서가 아니라 많이 나누며 살 수 있는 삶을 살고 싶은 마음이다. 그 삶을 하루빨리 살 수 있기를 기도하며, 나는 오늘도 '시골'에 살며 '시골'의 삶을 여행하는 중이다.

같이 겪는 슬픔은 위로가 되기도 아프기도 해.

오늘 내가 아파하고 가슴 찢길 듯하며 숨죽인 그 슬픔 말이야.

사실은 몇 년 전에 그녀에게도 있었던 일이야.

그날 너에게 말하지 못했던 아쉬움,

용기내지 못한 채 고개 숙인 슬픔들,

우리 모두가 겪었던 아픔이고 슬픔이라는 것,

그대가 아파했던 그 모든 것들이 말이야.

그렇게 우리는 같은 슬픔을 마주하면서

서로에게 암묵적으로 위로가 되어주고 있는 거야.

그대가 아파했던 그 모든 것들이 말이야.

그대만 겪는 것도 나 혼자만 겪는 것도 아니니

우리 더 이상 아파하거나 슬퍼하지 않았으면 좋겠어.

서로가 그리워하는 것들

늦은 가을밤이 무척이나 차가웠다. 한여름 타오르던 아스팔트마저도 이제는 찬 기운으로 덮였다. 이따금 사람들이 등을 돌리며 걸어가는 것을 보는 것만으로도 계절이 차갑게 느껴진다.

계절이 변하는 곳에는 언제나 바람이 존재한다. 나는 불어오는 바람으로 계절을 알 수가 있는데, 지금 불어오는 이 바람은 사납고 차가운 바람이다. 매서운 이 바람은 겨울로 가는 길목에서 만나게 되어 있다. 그리고 차가운 겨울바람은 새로운 생각을 함께 가지고 우리에게 온다. 차가움은 따스함의 소중함을 느끼게 하며 그를 그리워하게 한다. 추운 겨울날 당신의 손을 잡고 싶은 이유는, 그날 당신의 품에 안기고 싶은 이유는, 한겨울 눈이 내리는 그 길을 당신과 함께 걸어가고 있는 이유는 그 '차가움'이 당신을 그리워하게 하기 때문이다.

어쩌면 겨울날의 따스한 커피 한 잔은 그 '차가움' 때문에 존재하는 것일 수도 있다. 추워지는 늦가을이 되면 단풍색이 더욱 아름다워지는 것처럼, 단풍의 색깔이 따뜻하게 느껴지는 것처럼 따스한 커피 한 잔은 추운 겨울 당신에게 따뜻함을 선물하기 위하여 존재하는 것이다. 서로가 그리워하는 것, 그것을 선물하는 것이다.

나는 그렇게

그 가을밤

단풍과 커피색으로 물든

커피트럭에서

서로가 그리워하는 것들을 바라보았다.

이곳은 기도의 자리입니다.

이곳은 눈물의 자리입니다.

이곳은 내 열정과 힘의 원천입니다.

나는 기도합니다.

낮은 곳에 머물게 해달라고……

보답하며 사는 삶이 되게 해달라고……

내가 사랑하는 그대들을 위해 기도했습니다.

그리고 숨죽여 귀를 기울입니다.

이 여행을 떠나기 위하여 서른 살 나는....

8년 동안 회사원으로 살던 삶을 내던져버렸다. 내 나이 갓 서른을 넘겼을 때였고, 주위 사람들에게 다시는 직장을 다니지 않겠다고 선언했다. 그런 일이 있은 후 어느덧 1년 8개월이라는 시간이 지나고 있었다. 그 시간 속에서 나는 여행자가 되어 살기로 결심했고, 책 속에서 만난 이야기 하나가 나를 여행자로 살게 하고 있었다. 여전히 나는 내 삶에 만족하고 있었지만 나를 힘들게 하는 한 가지가 있었다. 그것은 바로 '돈'이었다. 누구나 물질 앞에서 힘든 일들을 겪는다. 나도 그해 가을 너무나 힘이 들어 여행을 떠날 여유조차- 잃어버렸다. 잠시 깊은 슬픔에 잠겼고, 문제를 해결하기 위해 친구에게 도움을 요청했다. 다행히 친구의 도움으로 소금포대를 나르는 일을 몇 주 하면서 여행경비를 만들었는데, 그 몇 주 동안 커피트럭은 떠나지 못하고 있었다.

상상하지 않았던 삶이었다. 소금포대를 들쳐 메고 하루에 몇백 개씩

나르는 것은 고단한 일이었다. 땀이 아니라 습기가 찬 소금에서 녹아 흐르는 짜고 쓴 '간수'가 온몸을 적시고 있었다. 소금포대를 집집마다 가지고 가서 쟁이는 일도 너무나 힘들었는데, 그러다가 아는 사람이라도 만나는 날이면 직장생활 그만두고 뭐하는 거냐는 걱정 섞인 타박도 들어야 했다.

그 가을 많은 생각을 했다. 너무나 행복한 청춘을 살고 있는데 왜 사람들은 내 청춘을 가엾고 힘들다고 말하는 것인지 혼란스럽고 괴로웠다. 그 괴로움을 떨쳐버릴 수 있는 단 한 가지가 내게는 여행이었다. 그렇게 몇 주 동안 모은 돈으로 나는 다음 여행을 떠날 수 있었다. 이 여행을 시작했을 때 전국을 여행해야겠다는 생각은 단 한 번도 가진 적이 없었다. 커피트럭을 타고 갈 수 없으면 공간이를 잠시 세워놓고, 배낭을 멘 채 버스와 지하철 또는 두 발로 떠나는 여행을 할 수 있으면 그만이었기 때문이다.

나는 여행길에 꼭 책을 동반한다. 많은 책을 읽지는 않지만 적어도 책은 좋아한다. 어찌 보면 지금의 여행도 한 권의 책에서 받은 영감에서 비롯되었다. 그래서 책을 좋아한다. 언젠가 또 한 권의 책이, 책 속의 문장 한 줄이 내 삶과 미래를 어떻게 바꿔놓을지 모른다. 비록 책을 많이 읽지는 못하지만 늘 책을 가까이하는 삶이고 싶다.

서른 살 가을에 나는 여행을 떠나기로 했다. 목적지는 푸른 섬 '제주'였다. 단 한 번도 가보지 못했던 섬. 어렸을 적에는 가난한 환경 탓에 제주라는 섬을 갈 수도, 갈 희망조차도 가지지 못했다. 나이를 먹어 직장생활을 하면서도 마음의 여유가 없었던 탓인지 마찬가지였다.

제주로 떠나기 전에 책이 필요했다. 여행을 떠나면 책 한 권으로 남는 시간을 보내는데 가난한 여행자에게 많은 책을 사기란 쉽지 않은 일이었다. 그러다가 문득 재미난 생각이 들었다. 제주로 떠나기 며칠 전 헌책과 건국청년의 핸드드립커피 한 잔을 바꾸는 이벤트를 벌인 것이다. 일주일 만에 15권의 책을 커피 한 잔과 바꾸게 되었다. 난 이 15권의 책을, 그리고 그 책을 들고 추운 가을밤 길 위의 작은 카페를 찾아준 고마운 사람들을 보며 세상이 아직 따뜻하고, 사람들의 마음에 사랑이 가득하다는 것을 알게 되었다. 모두의 마음에서 사라진 줄 알았던 것들을 만난 것이다. 세상 사람들은 마음속에 오직 돈과 명예, 욕심만을 간직하는 줄 알았다. 나조차도 그렇게 살고 있었으니 말이다. 그날의 일을 잊을 수가 없다. 길 위에서 늘 그들을 기억할 것이다.

헌책 한 권을 들고 커피트럭에 와준 고마운 사람이 있었다. 퇴근길이면 항상 들러 커피 한 잔을 마시고는 한두 시간씩 말동무가 되어주던, 그렇게 외로운 나의 노점과 여행생활을 위로해주던 그런 친구였다. 동갑내기였던 그 여자 분은 내 커피와 여행자의 삶을 진정으로 좋아해주고 응원해주는 단골손님이었다. 그가 가져온 책 제목이 참 예뻐서 아직도 그 책을 떠올릴 때면 기분이 좋아진다. 모리사와 아키오의 《무지개 곳의 찻집》이라는 책으로, 참 많은 인연과 이야기를 남겨준 책이기도 하다. 가을밤 그에게 내어준 커피는 인도네시아 만델링(Mandheling) 원두였다. 커피 한 잔에 바꾸기에는 너무 소중한 책

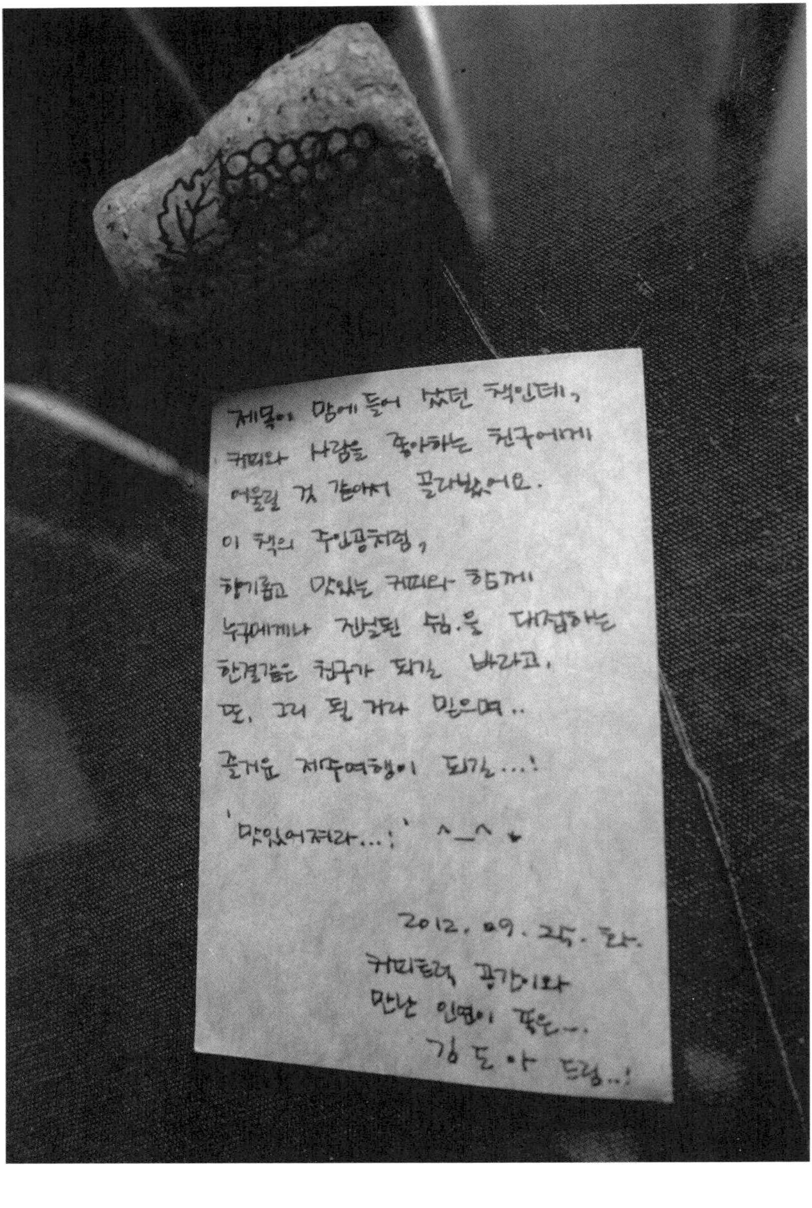

이 아닐까 싶었다. 집에 돌아온 후 책장을 넘겨보니 예쁜 손글씨의 작은 카드 한 장이 끼어 있었다. 연애편지를 받은 것처럼 신이 나서 편지를 읽었다. 비록 연애편지는 아니었지만 말이다. 따뜻한 글귀에 적힌 한 자 한 자가 아직도 머릿속에 맴돌고 있는 듯하다.

매일이 여행이었으면 했습니다.

그것이 얼마나 욕심인지를 알면서도

오늘이 여행이 될 거라고 생각했습니다.

그렇게 길 위에서 2년 남짓 시간을 보내며 살다보니

내 삶은 매일이 여행이었습니다.

사실 내 여행은 별거 없었습니다.

지금 내 곁에 있는 사람들을 소중히 생각하고,

내게 일어나는 일들을 감사하며 살기로 했을 뿐입니다.

그렇게 마음먹을 때부터 모든 것이 달라졌습니다.

매일이 여행이 된 것입니다.

세상은 '돈'이 최고라고,

그 길은 안 된다며 '돈(dont)'을 외쳐대지만

그렇게 살지 않아도 나는 잘 살고 있답니다.

인생에서도 여행에서도 필요한 용기

버릴 건 버리고 살아야 하는데 그게 뭐라고 바리바리 싸고 있는 나를 보았다. 어느 정도 준비되었다고 생각하면 왠지 모르게 놓친 것은 없는지 또다시 걱정한다. 거기에 난생처음 홀로 떠나는 장기여행이라 걱정 반 두려움 반 마음도 오락가락하고 있다. 그러나 가슴속 설렘을 어떻게 표현할 수 있을까. 참 별난 인생을 살고 별난 놈이 되고 싶은 나는 욕심을 버리기에는 아직 부족한 거 같다. 가볍게 떠나자! 그곳에서 채우자! 그렇게 말하면서도 짐 하나 꾸리는 데도 어찌나 욕심을 부리는지 말이다. 가진 것 없이도 풍요로울 수 있다는 것을 그때는 몰랐다. 나란 놈, 돈은 없지만 젊음은 있었다. 그래서 떠났다.

여행에는 정답이 없다. 우리 인생처럼 말이다. 그러고 보면 여행도 인생도 가장 절실한 건 돈이 아니라 용기가 아닐까 싶다. 직장과 가정에서 자신이 처한 현실로부터 유보된 시간을 갖기 위해서는 용기가 필요한 것이다. 다시금 돌아보니 내가 용기를 낸 게 서른쯤이 되어서였다. 더 빨리 알아챘더라면 어땠을까?

Good Bye '두려움' Hello '용기'

한숨도 못잔 채 커다란 배에 공간이와 내 몸을 싣고 무작정 제주로 떠났다. 3등칸 딱딱한 마룻바닥에 몸을 눕히자마자 ㅂ-로 잠이 들어버렸고, 시끄러운 주변에 눈을 비벼대며 깨어나고 말았다. 때마침 옆자리에서 쉬고 있던 할머니가 말을 걸어왔다. 남편과 함께 무작정 인천에서 목포로 내려와 아침 배를 탔다는 부부였다. 할아버지는 옆에서 곤히 주무시고 있었다. 비행기는 너무 많이 타서 이번에는 일부러 배를 타고 떠난다는 할머니. 아름다운 노년을 응원하며 말동무 없던 나는 내 요즘 이야기도 보탰다.
나는 할머니께 수학여행 온 초등학생들 때문에 잠에서 깼다며 투덜댔다. 그러자 할머니께서 한 마디 한다. "왜? 난 어린 시절 옛 생각이 나서 좋구먼." 옛날에는 버스나 기차를 타도 사람들 소리로 시끌벅적했다는 말이다. 고개를 끄덕일 수밖에 없었다. 저 아이들이 어쩌면 내 여행길에 소중한 도움이 될 수도 있고, 여행길에 만난 인연들이 소중한 친구가 될 수도 있다는 걸 깨달은 순간이었다.

그날, 바다가 소리한다.
깨달음을 전해주며 말이다.
여행 잘하고 오라며 말이다.

"사람을 여행합니다. 당신이 내게 여행입니다."

사랑하며 살겠습니다.

아끼면서 살겠습니다.

안아주며 살겠습니다.

좋아하며 살겠습니다.

감사하며 살겠습니다.

어느 날 이렇게 기도했습니다.

이렇게 신께 고백한 후 나는 치유되고 있었습니다.

아픔, 상처, 슬픔, 괴로움, 욕심들로부터 말입니다.

기억 속의 여행자카페 '소설'

계획하지 않고 떠난 여행에서 홀로 남겨진 낯선 땅 제주에서의 두번째 밤. 1년 동안 제주를 그리며 꼭 가보리라 생각했던 곳이 있었다. 언젠가 만들게 될 내 여행자카페를 생각하며 나름 가슴앓이했던 곳이기도 하다. 이른 저녁 무렵 들른 카페 안은 초저녁부터 나지막한 어두움이 내려앉아 있었다. 왠지 사연 많아 보이는 주인장의 모습과, 또 그 안에 담긴 이야기는 얼마나 재미있을까 싶을 정도로 매력 있는 곳이었다. 카페라기보다는 동네 골목길을 걷다가 흔하게 볼 수 있는 슬레이트 지붕을 얹은 작은집에 잠시 멈칫하기도 했다. 그래도 가로등 불빛이 비추는 카페의 모습은 따뜻하고 정감 있었다.

그런 따뜻함을 마음속에 새기며 카페 안으로 발걸음을 옮겼다. 이곳에 대한 첫 느낌은 이랬다. 카페라고 말하기에는 술집에 가깝고, 술집 같은데 핸드드립커피를 팔고 있었고, 술안주는 손님이 고르는 것이 아니라 술의 종류에 따라 주인장 마음대로 골라서 만든다. 무언지

알 수 없는 오묘한 공간이었다. 카페에 들어가자마자 너무 웃겼던 것은 빵을 안주 삼아 소주를 마시는 주인장의 모습이었다. 카페 건물 바로 옆에는 130년이나 되는 초가집이 있었고, 그곳에는 지금도 사람이 살고 있었다. 알면 알수록 재미난 곳, 이곳의 이름은 여행자 카페 '소설'이다. 흘러나오는 음악마저도 너무나 좋았다. 카페 '빈 센트반고흐'에서 느꼈던 첫 느낌과 닮아 있었다.

'여행' 그것은 참 신비롭다.

무엇 하나도 버릴 게 없는 것,

내게 여행은 바로 그런 것이었다.

여행자카페라고 알고 갔는데 커피를 즐기는 곳이라기보다는 술 한잔 하기에 안성맞춤인 선술집 같은 분위기였다. 메뉴도 핸드드립커피 하나를 제외하고는 모두 술뿐이었다. 선택할 수 있는 것은 커피와 술 뿐. 안주도 주인장 마음대로이다. 지난날 원양어선을 타고 오대양 육 대주를 떠돌다가 몇 해 전부터 제주에 정착하여 살고 있다는 주인장 은 삶에 대한 많은 식견과 통찰을 가진 듯했다.

늦은 밤 여행자카페 '소설'과 이별을 고하고 바닷가 근처 야영장으 로 향했다. 소나무숲 아래에 텐트를 치고는 피곤함에 지쳐서 스르르 잠이 들어버렸다. 나중에 안 일이지만, 그 여행자카페 '소설'은 1년 후에 문을 닫았다고 한다. 2년이 지난 지금도 그 순간이 머물던 그 공간이 기억 속에 덩그러니 자리 잡고 있다.

여행자로 만나는 원주민들의 도시는 아름답다.
오래된 도시의 골목과 옛 정취가 묻어나는
길 위의 풍경들이 나를 반긴다.
부산을 여행하던 어느 날 한 교회에 들렀다.
예배가 끝나기를 기다리며 사람들과 얘기를 하다가
여행을 왔다고 하니 부산에는 볼 것 없다고 한다.
부산이 얼마나 예쁜지 정작 이곳 사람들은 잘 모르나보다.
늘 그랬다.

어느 여행지를 가더라도 자신의 고향과 터전에 대한
자긍심이 많이 부족하다는 것을 느끼곤 했다.
곁에 있어 소중한 줄 모르는 것이려니 하며
오늘도 나는 하루를 시작한다.
오랫동안 집을 나와 여행을 했지만
아름답고 멋진 그 어떤 곳을 다니더라도
내 고향만큼 아름다운 곳이나 살고 싶은 곳은 없었다.
적어도 나는 그랬다.
내게는 내 고향이 항상 으뜸이었다.
여행자로 본 원주민들의 도시는 아름다웠다.

추억을 만드는 자전거 여행자

제주시에서 서쪽으로 7킬로미터 정도 가다보면 이호테우 해변이 있
다. 아마 도심에서 가장 가까운 해수욕장이 아닌가 싶다. 어느 늦은
밤 하룻밤 야영을 위해 해변을 찾은 나는 서둘러 텐트와 침낭을 펼치
고 캠핑용 버너 위에 라면을 끓여 한 끼 식사를 대신했다. 식사가 끝
난 후 홀로 침낭 안에 누워 지난 며칠 동안의 제주여행을 노트에 적
었다. 몇 자나 적었을까 피곤했던지 눈을 떠보니 아침이었다.

일어나보니 야영장 한쪽에서 텐트를 거두는 젊은 친구가 있었다. 배낭 하나를 짊어진 채 자전거를 타고 전국일주 중인 친구였다. 경기도 용인이 집인 그는 서울에서 시계방향으로 동해안을 지나고 장흥에서 배편으로 제주에 들어왔다. 곧 입대해야 하는 스물세 살의 청년은 여행을 통해 젊은 날의 추억을 만들고 있었다. 작은 자전거에는 볼품없는 양은 냄비와 라면 몇 개, 캠핑도구들이 실려 있었다. 그 모든 것을 자전거 하나에 싣고 가을날 제주를 여행 중인 청춘이 멋졌다. 공교롭게도 이틀 전 나와 같은 날 제주도에 들어온 그는 20일째 자전거 페달을 밟으며 여행 중이었다. 짧은 만남이 아쉬워 다음 날 같은 곳에서 야영하자고 약속하고 커피 한 잔 나누고 헤어졌다. 아쉬움을 뒤로 하고 스물세 살과 서른한 살의 여행자는 저마다의 삶으로 여행을 떠났다.

삶을 배우려는 친구를 여행하다

어느 날 제주 여행길에서 만난 여행자의 이야기다. 그를 만난 지는 이제 1년쯤 되어간다. 제주 북동쪽에는 함덕서우봉 해변이라는 에메랄드빛 바다가 있다. 바닷물이 너무나 맑고 아름다워 여름날에는 가끔씩 근처까지 돌고래 떼가 지나는 것을 볼 수 있을 정도라고 한다. 그 바닷가에서 그를 만났다.

함덕해변에서 평소와 다름없이 향긋한 핸드드립커피를 추출하고 있었다. 은은하게 코끝을 자극하는 커피향은 금세 주위에 퍼져나갔고 이윽고 손님들이 하나둘 찾아오기 시작했다. 그중 검정색 짧은 반바지에 빨간색 반팔 운동복 상의를 입고 슬리퍼에 검은 모자를 눌러쓴 사람이 있었다. 따뜻한 커피를 받아들고는 한쪽에 놓인 야전의자에 앉아 말을 걸어오던 그 사람은 지금은 전 국민이 다 아는 영화배우 '조달환'이었다. 커피 한 잔을 나누며 이야기를 나누던 중 함께 점심 식사를 하자는 그의 말에 흔쾌히 식당으로 따라나섰다. 점심을 먹은 후 그는 카페여행자인 내가 가고자 하는 카페에도 동행하고 싶다고 했다. 좀 더 많은 이야기를 나누고 싶다는 그의 말에 나도 스스럼없이 함께하기를 원했다. 자그마한 커피트럭 공간이를 타고 내달린 둘만의 드라이브와 그렇게 길 위에서 나눈 서로의 이야기가 친한 형제처럼 삶을 여행할 수 있는 계기가 되었는지도 모르겠다. 가을날 제주에서의 인연으로 몇 달 후 전주의 낡고 오래된 작은 카페에 앉아 다시금 삶을 나누고 이야기하게 된 사람. 오른손의 멋스러움보다는 왼손의 서투름을 좋아하는 사람이었다. 스스로가 잘나고 특별한 사람이라고 생각하기보다는 내가 만난 사람, 내가 만난 여행, 내가 만난 삶이 특별한 것처럼 느껴진 여행자였다. 적어도 내가 만난 배우 조달환은 개인의 특별함보다는 사람을 통해 인생을 배우려는 아름다운 사람여행자였다.

가을날 제주에서 만난 영화배우는 1년 후 서로를 응원하며 삶을 여행하는 동지가 되었다. 그 가을날 첫 만남을 앞으로도 잊을 수 없을 것이다. 좋은 친구이자 형이며 나와 같이 사람을 여행하고자 하는 그가 만난 건국청년의 모습을 잠시 이 편지에 옮겨본다.

"본인을 건국청년이라 소개하는 당당함과 자신감, 그리고 순박하고 정적인 웃음, 오랜만에 보는 해탈의 미소랄까? 건국청년은 커피를 파는 게 아니라 즐거움에 섞인 미소를 팔고 있지 않나라는 생각이 들었다. 이 뭉클함은 무엇일까? 그에게 억지로 점심을 먹자고 한 후 카페를 여행한다던 그가 가고 싶어 하는 카페 '세바'를 따라갔고 많은 대화와 욕심 없는 그의 선량한 눈빛을 담아올 수 있었다. 솔직히 헤어져 나올 때는 뭉클함을 참지 못하고 걷는 동안 내내 울었다. 그리

고 계속 울었다. 히치하이킹이 성공할 때까지 그냥 울었다. 지나가던 차가 멈춰 서고 차에 올라서고 나서야 울음을 그쳤다.

건국청년의 용기와 철학, 삶을 바라보는 관점, 몸에 흐르는 긍정의 기운, 흉내낼 수 없는 눈빛, 연기하지 않는 감정 그대로의 순박한 미소, 이 모두에 감사의 박수와 응원을 보낸다. 다시 한 번 느끼지만 사람을 느낄 때는 나이와 직업, 혈액형, 자동차, 값비싼 옷이 아니라 무얼 생각하고 어떤 것을 주체적으로 실천하고 사느냐 그게 살아지는 삶보다 정답에 가까운 삶이다. 그럼 난 무얼 생각하고 실천해야 하나?

마지막으로 살고 있는 터전에서 다시 만나길 약속하며 아쉬운 작별 인사를 하는 건국청년과 나는 같은 몸짓이었다. 10미터 멀리서도 느껴지는 미묘한 동공의 흔들림....”

커피향과 함께 소중한 친구를 만났다. 삶에 대한 진솔함도 나누고 차가운 더치커피 한 잔도 나누고, 여행의 참다운 매력도 곱씹어보았다. 날마다 먹는 집밥을 먹다가 외식을 한 것 같은 그런 특별한 하루가 된 오늘이었다. 우리의 만남 속에 나눈 삶의 이야기와 지금까지도 함께 서로를 응원하는 인연이 너무나도 소중할 뿐이다. 그의 말처럼 ‘연기하지 않는 감정 그대로의 순박한 미소’ 섞인 삶을 살고 싶다.

두 남자가 웃고 있습니다.

오래전 가을 여행길에 제주의 푸른 바닷가에서 만난 이 남자들.

저들은 언젠가부터 서로에 대해 응원을 하기 시작했습니다.

무엇이 저토록 해맑은 웃음을 짓게 했을까요?

그것은 바로 '여행' 이었습니다.

여행은 '사람' 과 함께할 때 더욱 여행다워지는 듯합니다.

풍경의 아름다움과 멋진 발코니를 둔 꿈같은 호텔에서의

하룻밤도 좋습니다.

누구나 여행을 합니다. 누구나 그런 여행을 떠날 수 있습니다.

하지만 당신이 허락하고 당신과 함께하는 여행은

그리 많지 않습니다.

당신의 일상이 여행이 되길 원합니다.

청춘이 내 청춘에게 쓰다

산을 오를 땐 정상에 다다랐다가 또다시 올라왔던 길을 되돌아가야 하지. 정상에서 마주하는 풍경은 그토록 아름답지만, 산 아래로 내려가면 서로를 불신하고 싸우고 넘어질 때도 있을 거야. 저마다의 사연을 간직한 수많은 청년들은 치열한 세상을 살아가겠지. 좋은 학교, 좋은 일자리, 누구나 부러워하는 보수를 원하면서 더 높은 명예와 소유욕으로 말이야. 그런 너의 삶이 옳지 않다고 말하는 것은 아니야. 너의 위치에서 또는 나의 위치에서 최선을 다하는 각자의 삶이 사회의 균형을 맞추는 것이라고 생각해. 다만 내 이야기를 조금 할까 해.

몇 년 전 회사를 떠나면서 다시는 직장생활을 하지 않겠다고 주위 사람들에게 선언을 한 후 내 인생은 조금씩 변하고 있음을 느껴. 아주 즐겁고 행복한 쪽으로 말이야. 나도 너와 같은 청춘을 살고 있고, 여전히 젊고 꿈 많은 너와 같은 보통의 청춘일 뿐이야. 내가 수많은 청춘과 여행자들을 만나며 또 다른 청춘인 너에게 이 편지를 쓰는 이유는 네가 좋아하는 삶과 꿈을 위해 젊음과 시간을 보냈으면 하는 바람에서야. 하지만 어쩌겠어? 네가 살아온 인생이고 앞으로 살아갈 너의 인생인 것을 말이야. 산을 오르내리며 이런 생각들을 하게 되었어. 오늘이 내게 준 값지고 소중한 '생각선물'이었지.

그렇게 산을 오르며 나는 아무것도 생각하지 않고 배낭을 뒤져 카메라를 꺼내들었어. 언제나 좋은 여행 뒤에는 아름다운 사진 한 장이 남기 마련이잖아? 사진과 함께 추억도 한쪽에 쌓여가고 말이야. 바람이 무척이나 많이 불던 그날 한라산에서 서쪽 너머로 지는 해를 바라보며 한 잔의 커피를 마셨어. 커피 한 잔에 너무 많은 의미를 부여하지는 말자며 커피를 마셨어. 그저 커피 한 잔일 뿐이니까. 그냥 쓴 커피 한 잔말이야. 내 말은 많은 생각이 어쩌면 너를 부여잡고 있는지도 모른다는 거야. 그 많은 욕심이 너를 지금 그 자리에 머물게 하고 있는지도 모르고 말이야. 다시 한 번 생각해봐! 커피는 그저 쓴맛일 뿐이거든. 커피에 대한 이런 나의 자세처럼 세상을 바라보면 욕심 없이 세상을 살고 막연함을 붙잡지 않고도 너의 꿈이 네 발 앞에 와 있을 수 있지 않을까?

서로를 하나로 이어주는 여행

이른 새벽 바다 위로 떠오르는 해를 바라보는 것은 정말 가슴 벅찬 일이다. 텐트 안 공기도 선선한 기운이 느껴지기 시작한 늦가을의 이른 아침 침낭 안에서 부스럭거리며 잠에서 깨어났다. 바닷가 저 멀리 가을색에 젖은 듯한 수평선으로 하루가 시작되고 있었다.

야영지에서 카페를 열고 이른 아침부터 커피를 찾는 손님을 기다린다. 얼마나 되었을까? 닮지 않은 듯한 모녀가 커피를 주문하며 말을 건다. 검은 피부가 말해주듯 딸은 걷기를 좋아할 것 같았고 차려입은 옷을 보아하니 도보여행자처럼 보였다. 옆에 있는 하얀 피부의 어머니는 곱게 차려입은 옷에 스카프를 둘렀는데 모자 사이로 비치는 흰 머리가 너무나 아름다웠다.

그날 커피는 짙은 꽃향기가 두드러지며 때로는 와인에서 느낄 수 있는 향미와 깊은 맛을 가지고 있는 에티오피아 예가체프(Ethiopia Yirgacheffe) 품종이었다. 주전자에서 김이 모락모락 나기 시작했다. 끓인 물을 다시 드립포트에 옮겨담고 적당한 굵기로 분쇄한 원두를 드리퍼에 담아 물줄기를 떨어뜨렸다. 코끝에 커피향이 느껴질 때쯤 두 사람이 모녀 사이가 아니라는 것을 알게 되었다. 젊은 분은 가족들과, 어르신은 홀로 여행을 떠나왔다고 했다. 서로 다른 숙소에서 잠을 자고 이른 아침 해변을 걷던 중 친구가 되어 길 위의 카페를 찾았던 것이다. 각자 서로 다른 삶을 사는 그들을 하나로 이어주는 것이 '여행'이 아닐까 생각해본다. 아침부터 따뜻한 일상을 염탐할 수 있어서 좋았다.

바람처럼 살다간 김영갑갤러리의 '두모악'

제주에 갈 때면 어김없이 들르는 곳이 있다. 서귀포시 성산읍 삼달리라는 작은 시골의 '김영갑갤러리'이다. 아주 한적한 도로변에 위치한 이곳은 폐교가 된 삼달초등학교에 다시 숨을 불어넣은 공간이다. 하지만 갤러리 안으로 들어가기 전부터 사람들의 시선을 끄는 곳이 있다.

갤러리 입구부터 시작되는 아름다운 정원이다. 운동장이었을 것 같은 그곳은 나무와 돌, 흙이 잘 어우러져 있고 돌로 만든 앙증맞고 재미있는 조각들이 나를 반겨준다. 갈 때마다 언제나 동화 속에 들어와 있는 듯 착각에 빠진다. 해가 움직이는 방향에 따라 달라지는 조각상들의 천진난만한 얼굴들이 생각난다. 해가 드리우면 개구쟁이가 되기도 하고, 해가 가려진 그늘 아래에서는 왠지 모를 슬픔에 잠겨 있기도 한다.

처음으로 찾아갔던 김영갑갤러리는 이미 내게 특별한 공간이었다. 갤러리 매표소의 직원이 티켓 대신 건네준 것은 고 김영갑 작가가 직접 찍은 제주 풍경의 사진엽서였다. 사실 여행 중에 구입한 티켓은 별 생각 없이 버리기 일쑤지만 김영갑갤러리에서처럼 작가의 사진엽서를 티켓으로 받는다면 아마 책속에 고이 간직하고 싶을 것이다. 어쩌면 이런 작은 문화적 배려를 통해 갤러리와 작가 본연의 순수한 예술혼을 느낄 수 있을지도 모를 일이다. 이런 작은 생각과 배려로 여행이 더욱 풍성해진다.

그날의 전시 주제는 '바람' 이었다. 정말 바람처럼 살다간 그의 인생처럼 사진 속 바람 부는 제주의 모습은 너무나도 아름다웠다. 그의 사진에는 늘 푸른 자연이 담겨져 있다. 그가 평생을 바쳐 사진으로 남긴 아름다운 제주의 산과 들을 보노라니 나도 모르게 마음이 차분해졌다. 누군가 아무리 좋은 사진기를 가지고 있더라도 이제는 그의 사진보다 아름다운 제주의 풍경은 더 이상 담을 수 없다. 제주의 산과 들이 개발과 관광이라는 사슬에 묶여 본연의 모습을 조금씩 잃어가고 있기 때문만은 아닐 것이다. 그의 작품에 담긴 제주의 산과 들에는 그 흔한 전깃줄 하나 보이지 않는다. 흉내낼 수 없는 그때를 담고, 돌아갈 수 없는 과거를 옮겨놓은 사진들은 나를 더욱더 신비한 곳으로 여행을 떠나게 하고 있었다.

그의 작품들을 뒤로 하고 폐교 뒤뜰로 나가보았다. 이름을 알 수 없는 들꽃들이 땅 위에 수북하게 담겨져 있는 모양새가 너무나 예뻤다. 천천히 걷다보니 나무그늘 아래 '두모악' 이라는 작은 무인 찻집으로

이어졌다. 살짝 들여다본 카페는 향긋한 커피향과 함께하는 여행자들의 쉼터로 보였다. 햇살이 드리운 찻집 안은 포근하고 아늑했다. 그 햇살이 담긴 테이블에 앉아 여행을 바라보았다. 만약 당신이 언젠가 제주로 떠나는 여행자가 되면 그곳에서 잠시 머물러도 좋을 듯하다. 바람처럼 다녀간 어느 제주여행자의 흔적을 바라보는 것만으로도 당신의 삶에 치유가 일어날 것이다.

김영갑이 사랑했고 평생에 걸쳐 사진으로 남겼다는 '용눈이오름'에 바람 부는 이른 아침 찾아왔다. 멀리 서서 오름의 곡선과 자연의 신비로움에 넋을 잃고 있었다.

저 아래서는 상상조차 하기 힘든 시원하고 강한 바람이 불어온다. 오름을 따라온 여덟 살 도원이는 바람소리가 시끄러워서 아빠 말이 안 들린다며 더 크게 말하라고 아빠에게 으름장을 놓는 형국이다.

바람이 부니 뿌리 있는 들 위의 모든 생명들이 한 방향으로 고개를 향한다. 바람에 밀려나는 것이겠지? 꺾이고 부러지지 않으려는 그들만의 방법이고 자연에 순응하는 것일 테다. 단 하나 바람을 맞아 고개를 드는 것은 '사람' 뿐이었다. 바람 앞에 뿌리 있는 삶들은 모두가 자연에 순응하고, 인간의 삶은 자기 몸에 맞닿는 그 바람이 지나간 후에야 전해오는 몸의 반응에 순응하는 것 같았다.

바람이 분다.

뿌리 없이 전해오는 그 '바람'을 좋아하고 동경한다.

세상에서 가장 아름다운 카페 '별다방'

커피트럭을 타고 여행을 떠난다. 그리고 카페를 여행하면서 맛있고 향긋한 커피와 사람들을 만난다. 카페를 여행하면서 만난 세상에서 가장 아름다운 카페가 하나 있다.

2년 전 가을날 여행에서 만난 소중한 친구들과 제주의 오름을 오른 적이 있다. 정상에 오르니 시원한 바람이 불어왔다. 풍경은 늘 길에 따라다녔지만 고맙고 따뜻한 사람들과의 동행은 풍경을 더욱 돋보이게 한다. 불어오는 바람결에 몸을 누이는 억새와 멀리 풍력기가 돌아가는 멋진 그 풍경 끝에 카페가 하나 있었다. 카페의 이름은 '별다방'. 제주살이 2년차인 별님이가 직접 구운 수제쿠키와 리니 누나가 산 아래에서 내려온 따뜻한 커피 한 모금을 마시며 우리는 그날을 만끽했다. 오름 위에서는 커피를 만들지 않는다. 억새와 풀, 나무들이 곳곳에 있기 때문에 화기를 사용해서는 안 되기 때문이다. 커피가 떨어지면 산 아래까지 내려가 다시 커피를 만들어 보온병에 담아온다는 별님이, 30~40분의 오고 가는 시간 그리고 조금의 욕심과 자연을 생각하는 그녀의 모습을 보며 나 자신과 이 여행도 다시 한 번 돌아보는 시간이 되었다. 억새가 바람결에 춤을 추고 누렁이도 바람을 마주하며 쉬어가는 그곳에 내가 있었다.

난 말이야 이런 여행을 떠나고 싶었어.

풍경이 주는 즐거움도 좋지만

삶과 재미있는 이야기가 있는 그런 여행 말이야.

안부를 묻고 안부를 전하는 타시텔레

사람들은 제주를 찾을 때면 바다로 가거나 한라산 정상을 향해 달려 가곤 한다. 하지만 내가 제주에서 가장 좋아하는 곳은 바다와 한라산 자락 중간쯤에 위치한 제주 중산간지역이다. 그곳에 자리한 마을들은 독특하고 특별한 매력을 발산한다. 타시텔레 역시 제주 중산간의 가시리마을에 있는 특별한 카페이자 게스트하우스로 소중한 사람을 만난 곳이고 또 하나의 아름다운 카페 이야기가 있는 곳이다. 타시텔레(Tashidelek)는 '안녕하세요'라는 뜻을 가진 티베트 말이다.

며칠 전부터 궂은 제주 날씨에 많이 지쳐 있던 터였다. 모처럼 높고 푸른 가을 하늘을 볼 수 있었던 그날 서귀포시 표선면에 위치한 '가시리'라는 작은 마을을 찾아나섰다. 처음으로 찾은 곳이 바로 타시텔 레였다. 마당 한쪽에 공간이를 세워두고 내리는데, '타시텔레' 하며 나에게 안부를 묻듯 그곳 스태프와 주인장님이 핸드드립커피를 주문 했다. 카페에 찾아와서 카페를 열게 된 거다. 참 황당하고 유쾌한 일 들이 벌어지는 곳, 그리고 사람들이 있었다. 타시텔레와의 만남은 그렇게 시작되었다.

마당에는 동네에서 마실 나온 강아지들이 저마다 자리를 차지하고 주인행세를 하고 있었다. 낮에는 그곳에 머물다가 저녁이 되면 자기 집으로 모두 돌아간다고 했다. 강아지들도 타시텔레에 무척 매력을 느끼는 모양이다. 숙소에 짐을 풀고 캄캄한 밤이 되자 자연스레 모닥불이 타오르고 숙소에 숨어 있던 청춘들이 삼삼오오 나오기 시작했다.

모닥불 앞에 앉은 한 친구가 자신의 꿈은 노래를 부르는 것이라며, 서른 살이 넘어 직장을 그만두고 꿈을 위해 기타 하나로 여행을 하는 중이라고 했다. 남자에게 서른은 다시금 도전을 꿈꾸는 나이라는 것을 나는 잘 알고 있다. 하지만 현실에서는 꿈꾸지 못하는 삶이 대부분 청춘들의 모습일지도 모른다. 오랫동안 내가 그랬듯이. 모자를 깊게 눌러쓴 한 여행자가 기타를 들고 노래를 불렀다. 마치 서른 살 청춘의 도전과 여행을 응원하는 것처럼. 그의 노래가 끝나자 머리털이 덥수룩한 또 다른 여행자가 자신의 여행 이야기를 시작했다. 그 친구 역시 서른 살이 되었을 때 직장을 그만두고 자신의 꿈을 위해 연인과 여행을 떠나왔다. 그의 꿈은 만화를 그리는 것으로, 그는 여행을 통해 꿈을 그리는 중이라고 했다. 누구나 꿈을 간직하며 살지만 그 꿈을 위해 자신이 머물고 있는 곳을 박차고 나오는 사람은 그리 많지 않다는 것을 우리는 잘 안다. 그래서일까? 앞으로의 삶에 큰 용기를 선물해준 너무나 멋지고 용기 있는 서른 살 여행자들을 난 아직도 잊을 수가 없다.

모자를 눌러쓴 채 노래하며 모닥불 앞에 모인 여행자들의 분위기를 돋우던 작은 체구의 젊은 여행자도 자신의 여행을 이야기했다. 그녀는 그림을 그리는 일러스트레이터였다. 노래 부르기를 좋아하여 언젠가 음반을 내고 싶다고도 하고, 여행 중에 그린 그림들을 한 권의 책으로 엮어보고 싶다고도 했다. 그녀는 스물다섯이던 해에 15킬로 그램 배낭을 메고 베를린행 비행기 티켓을 끊었다. 여행경비를 마련하기 위해 그림을 그려 팔기도 했고, 때로는 농장에서 체류하며 일하기도 했다. 그렇게 유럽을 여행하고, 산티아고를 거쳐 아프리카 북부와 중동아시아를 건너 인도를 여행한 그의 이야기는 너무나도 달콤하고 특별했다. 2년에 가까운 시간을 여자 혼자 길 위에서 살았다고 말하는 그녀의 용기와 당당함이 지금도 생생하다. 그녀의 여행 속으로 나도 모르게 동행하고 있었다. 지금도 가끔 그들의 안부를 묻고 내 안부를 전한다. 여전히 그들은 자신들의 꿈을 위해서 작곡을 하고 노래를 부르고, 작업실을 만들어 종이 위에 만화를 그리고, 자신만의 빛깔을 입힌 멋진 일러스트 그림책을 펼쳐 보이며 자신들의 삶과 꿈을 여행하는 중이다. 그들을 통해 갖게 되었던 용기와 도전정신이 내 여행에 큰 버팀목이 되어주었다.

또 다른 청춘 이야기가 하나 있다. 그 아이는 너무나 밝고 순수한 아이였다. 청춘이라기보다는 열정적인 열일곱 살 꼬마여행자라는 표현이 더욱 어울릴 것 같다. 꼬마여행자의 이름은 '한결'이었다. 자기 몸만한 배낭을 짊어지고 뚜벅뚜벅 두 발로 제주를 여행하던 꼬마여행자의 삶이 너무나 행복해보였고 부럽기도 했다. 어린 나이에 저런 여행을 한다는 것도, 자유롭게 떠날 수 있도록 응원해준 부모님의 용기와 배려도 다 부러웠다. 하지만 그 무엇보다 부러워했던 것은 모닥불에 모여앉아 그 시간을 공유하는 열일곱 살 꼬마여행자의 모습이었다. 저마다의 방법으로 세상을 살아가는 젊은 청춘들의 삶을 간접적으로 접하면서 자신의 삶을 살찌워가는 꼬마여행자 한결이의 스무살 모습이 기대되기도 했다. 지금 이 꼬마여행자는 나의 친구다. 때로는 삶의 고민을 나누기도 하고 안부를 물으며 각자의 삶을 바라보는 그냥 그런 여행자로서.

그날 어둠이 가라앉은 시간, 붉고 따뜻하게 반짝이듯 타오르던 모닥불 앞을 잊을 수가 없다. 그날을 생각하면 가슴이 먹먹할 때도 있다. 사연 없는 삶이 어디 있을까 싶지만 가슴 따스해지는 먹먹함도, 운명처럼 다가온 것이라며 괜스레 갖다붙이기 좋아하는 이야기들도, 색깔 있고 다양한 저마다의 삶은 나이가 어리다 하여 모자라지도 않고 나이가 많다 하여 반드시 훌륭한 것만도 아니다. 다만 그 시간 우리는 저마다의 사연을 간직한 멋진 여행자였을 뿐이다.

그들과 함께한 그날의 우리는 참 멋진 여행자였으며, 노래하는 시인이었고, 이야기를 안주삼아 술 한잔 나눈 주정뱅이들이었으며, 여행이라는 무대 위에 올라간 주인공들이었다.

홀로 떠난 여행의 외로움에서 만나는 고마움

홀로 이른 아침을 맞이하는 것에 제법 익숙해지고 있는 중이다. 여행을 떠난 지 얼마나 되었을까? 손가락을 접어가며 날짜를 계산해보지만 다 부질없음을 알고 곧 두 손을 주머니 속에 넣어버렸다. 점점 안부를 묻는 전화 횟수가 늘어났다. 나의 빈자리가 있긴 한 건가? 어디서 무얼 하냐며, 밥은 먹고 다니는지를 물어보는 사람들에게 나는 너스레를 떨며 웃음 섞인 말로 즐겁게 여행하는 중이라고 했다.

때늦은 비로 인해 온몸이 축축하게 젖었다. 날씨 따라 마음도 약간은 우중충한가보다. 날씨나 계절에 민감하게 감정을 소비하지 않으려고 애쓰는 요즘의 나를 보며 그냥 흐르는 대로 맡기면 될 것을 괜한 고집을 부리는 건 아닌가 싶기도 하다. 오늘은 그냥 축축하게 젖어든 마음 그대로 하루를 보내는 중이다. 서귀포에 가면 외로운 돌섬이 하나 있다. 돌섬의 이름은 '외돌개'. 그런데 이런 생각을 해봤다. 자신의 의지와는 상관없이 사람들에 의해 외돌개라고 불리는 저 돌섬이 실제로 안 외로울 수도 있지 않을까 하고 말이다. 날마다 일렁이는 파도가 간질이기도 하고, 머리 위에 앉은 작고 푸른 나무 한 그루가 우산이 되어주기도 하고, 가끔은 바닷새들도 놀다 가지 않을까?
우리가 정해놓은 생각이 꼭 옳고 그름을 나타낼 수는 없다. 그러니 우리들은 조금은 다른 모습으로 세상을 바라보면 더욱 좋을 것 같다. 적어도 우리가 지구 위에서 잠시 여행하다가 언젠가 떠날 여행자라고 생각한다면 말이다. 제주는 '섬' 이지만 그 섬에는 또 다른 '섬' 이 있었다. 우리가 생각하는 것들이 전부일 거라고는 더 이상 고집하지 않았으면 좋겠다.

한 통의 전화가 왔다. 얼마 전 여행길에 같이 모닥불 피워놓고 오래된 인연들처럼 함께한 친구들이었다.
"지금은 어디에 계세요?"
전화를 받고 계획에 없던 만남을 위해 나는 다시 커피트럭을 몰고 달렸다.
다시 만난 열일곱 소녀가 말을 건넸다.
"커피콩 몇 개만 줄 수 있어요?"
커피콩을 휴지에 고이 싸서 지갑에 넣고 싶다고 했다. 커피콩을 지갑에 넣으면 돈을 받는 사람들이 커피향이 스며든 돈을 받는 거 아니냐며 말을 보탰다. 그 순수하고 따스한 마음이 참 좋았다.
독일에 첫발을 내딛은 후 2년이라는 시간 동안 유럽에서 아시아에 이르는 여행을 한 그림쟁이 '봉현' 이는 너무나 아름답고 내가 동경하였던 여행자였다. 산티아고를 걷던 이야기를 들려줄 때는 정말이지 가슴 벅차 보이는 얼굴을 볼 수 있었다. 그 아름다운 여행에 잠시

나마 동행할 수 있었다는 게 너무나 행복했단다.

좀처럼 펜을 들지 못한다는 봉현이는 내가 내려준 커피를 다 마시고 난 후 정말 진심을 담아 자신이 마시던 종이컵에 나의 여행을 그려 선물로 주었다.

난 말이야 이런 여행을 꿈꿨어.

그래서 꿈이 아닌 진짜 여행을 떠나게 해준

너희의 청춘에게 너무나 고맙단다.

'고맙다.'

너무나 간절했거든.

그날은 나도 조금은 외로웠기 때문에……

아주 따스한 사람들을 만날 수 있었으면 했거든.

"내가 지금 여기에 서 있고,
그 기억 뒤편에 서 있다고 해서
우리가 따로라고는 생각하지 않아.
사진 속에서 그랬듯이
어쨌든 그날 우리는 함께였으니 말이야."

그런 날이 있었다. 서로에 대해 잘 알지 못하는 사람들이 한데 모여 식사를 하고, 커피 한 잔을 나누며 덩달아 저마다의 삶을 나누었던 날. 그리고는 다시 짐을 챙기고 어디론가 떠났다. 분명 왔을 때는 혼자였지만 떠날 때는 여럿이 함께하는 이상한 여행이었다. 여행을 떠올리고 여행길에 만난 사람들을 기억하는 것만으로도 나는 그 순간과 사람들이 그립다. 지난날을 그리워한다는 것은 좋은 일이다. 좋은 추억이 많다는 것이고, 좋은 기억과 함께한 삶은 앞으로도 좋은 기억을 만들어낼 수 있다고 생각하기 때문이다.

그냥이라는 말

물고기가 그냥 좋았어요.
다른 의미는 없어요.
근데 사람들은 물고기에 너무 많은 의미를 붙이더군요.
종교적인 의미까지 부여해 가며 나에게 묻곤 하기도 해요.
물고기 카페에 들렀을 때 예쁜 여사장님이 그렇게 말해주었다.

"그냥 물고기가 좋아서 '물고기 카페'가 된 것뿐이에요."

사람들은 어떠한 공간이나 인연에 저마다의 이야기를 붙여 또 다른
이야기로 만들어내기를 좋아한다. 물론 나도 그렇게 만든 이야기가
제법 되긴 하지만 말이다. 하지만 때로는 아무 이유도 없이 그냥 좋
을 수도 있는 것이다.
그냥, 아무런 이유가 필요 없는 평범한 이야기를 나는 좋아한다.

내게 속삭이는 숲의 정령

사람이 살지 않고 누구의 손길도 닿지 않는 울창한 숲을 거닐며 노니
는 것은 정말 행복한 일이다. 제주 여행의 어느 날 혼자 '곶자왈'이
라는 숲길을 걸었다. 나는 홀로 길을 걷는 단 하나의 사람이었다.
좀처럼 걸음이 빨라지지 않았다. 오히려 더디게 걷고 있음을 느낄 뿐
이었다. 숲을 거닐다 보면 여기저기에서 새소리가 들려온다. 그 소리
에 가만히 귀기울이다보면 멈춰 서게 되고 걸음이 더뎌지기 일쑤다.
오색찬란한 숲을 두 눈에 담고 귀로 듣는 여행을 하고 있었다. 그 어
떤 유명한 화가가 이런 색감과 그림을 그려낼 수 있을까? 마치 비밀
의 화원 같은 숲속에는 이름 모를 넝쿨들이 저마다 나무에 기대어 자
라고 있었다. 나무들은 스스럼없이 자신의 몸을 내주었다. 저들은 서
로가 의지하며 위로가 되어주는 삶을 살고 있었다. 숲길을 걷는 중에
나무줄기가 물음표를 연상시킬 만큼 심하게 구부러진 나무를 보았
다. 꼬부라진 나무가 묻는 것 같았다.

넌 왜 이곳에 왔니?

왜 이 여행을 하고 있어?

외롭지는 않아?

이제 돌아가야 하지 않겠어?

아직은 먼 이야기지만 언젠가 보이지 않는 그곳에 내가 서 있을 것이다. 어제 나는 코 흘리던 옆집 꼬맹이였고, 여드름투성이의 사춘기 학생이었으며, 대학 엠티에서 술에 취해 있던 한 대학생이었다. 그리고 나는 꿈을 위해 달려가고 있는 청춘이다. 곧 보이지 않던 그 미래가 우리 앞에 펼쳐질 것이다. 분명히 무척 아름다울 거고 그때가 되면 스스로가 제법 의젓하고 멋져 보일 거다.

숲을 걸으며 길 위에서 깨달음을 얻는다. 숲속에 정령이 있나보다. 곶자왈 중턱에서 만난 억새밭에는 시원한 가을바람이 불어오고 있었다. 바람소리는 파도가 철석철석 바위를 내리치는 소리와도 같았다. 숲속의 정령이 속삭였다.

빨리 걷지 마라.

느리게 걸어라.

풀숲을 스치는 바람에

나무 사이를 가르는 바람에

풀벌레 소리와 새소리에 귀를 기울여라.

천천히 바람이 전해주는 소리에 귀를 기울여라. 눈으로 보는 즐거움도 크지만 가만히 귀를 가져다대면 빠져나올 수 없는 즐거움이 기다리고 있을 것이다. 그날 나는 길 위에서 물음을 얻었고, 그 여행은 나에게 진정한 물음과 대답이 되어주었다. 그렇게 나는 '숲'을 여행하였다. 그리고 나의 삶도 빨리 걷지 않고 나의 속도로 걸어갈 수 있기를 기도하였다.

신을 모르는 사람이 있다.

신의 존재를 부정하는 사람이 있다.

나도 한때는 신의 존재를 믿지 않았다.

하지만 열일곱 살 이후 신의 존재를 믿는다.

신은 사람이 감당할 수 있는 만큼의 시련을 허락한다.

신은 사람이 감당할 수 있는 만큼의 아픔을 허락하며,

내가 감당할 수 있는 만큼의 시행착오를 겪게 한다고 믿는다.

인간의 나약함을 인정하고 좀 더 다듬고 연단하기 위해

우리가 감당할 만큼의 위기를 주는 것이다.

만약 당신이 신의 존재를 부정한 채

주위 사람들로부터 고립된다면 삶의 마지막에

당신은 혼자서 외롭고 불행할지도 모른다.

내가 믿는 신을 당신에게 강요하는 것이 아니라

인생을 살며 신이 있는 것처럼 살아갔으면 하는 바람일 뿐이다.

나는 오늘도 감사를 고백하는 기도로 하루를 시작하는 중이다.

내가 오늘을 살고 내일을 살 수 있는 이유는 아마도

신의 존재를 믿기 때문이다.

청춘의 설렘을 안고 떠나는 여행

겨울날 코끝이 시릴 정도로 성난 바람이 불어오는 날이면 나는 어김없이 따뜻한 커피를 찾아 나섰다. 커피와 따뜻한 우유를 넣은 라떼한 잔으로 몸을 덥히고 나서야 불어오던 성난 바람을 내게서 잠재울수 있었다.

"나 잘 할 수 있겠지요?"
여행에서 만난 인생 선배에게 물은 적이 있었다. 커피트럭을 타고 떠나는 여행 중 너무 힘든 나머지 그렇게 물었던 것이다. 내 꿈과 비전이 세상과 빈번히 부딪히며 힘들었던 터였다. 나의 모자람과 부족함이 나를 자꾸만 좌절시켰을 것이다. 그래도 열심히 노력하며 살아보려고 했다. 조금씩 걸음을 옮길 수 있을 것이라고 기도했다. 꿈을 위해 달려가는 과정은 두려움과 걱정의 극복이 필요했는데, 누군가가내 기도의 끝에서 이렇게 속삭여줬다. 두려움과 걱정은 실패를 낳지만 기다림과 설렘은 희망을 만들기에 충분하다고.

그래서 나는 그날부터 내 여행과 삶을 지지하기로 했다. 기다림과 설
렘을 간직한 채 늘 희망의 끈을 놓지 않는 것이 진정으로 나 자신을
지지하고 응원하는 길이라는 것을 잊지 않기로 했다.

반대편 하늘이 깨달음을 주다

모슬포에서의 새벽은 갑자기 내려치는 빗줄기로 인해 서둘러 텐트를 철수해야만 했다. 비를 피해 커피트럭 안으로 허겁지겁 들어와 몸을 웅크리고 쪽잠을 청해보지만 쉽게 잠이 들지는 못했다. 어느 틈에 잠이 들었을까? 아침을 알리는 분주한 소리들이 들려왔다. 활어들을 이리저리 운반하고 횟집에 배달하는 아저씨들의 거침없는 발걸음 소리가 들리고 장사준비에 분주한 상인들의 소리도 들렸다. 작은 트럭 안에 누군가 잠을 자고 있을 것이라고는 생각조차 못하고 내 단잠을 깨우며 말이다. 트럭의 문을 열고 나왔다. 모슬포의 아침은 언제 그랬냐는 듯 맑고 푸른 하늘이 드리우고 있었다.

나는 제주를 시계방향으로 여행하는 중이었고, 며칠째 해가 지는 시간이면 붉게 노을 지는 하늘을 바라보는 재미에 빠져 있었다. 그 시간이면 달리던 차에서 내리기도 하고 걷다가는 걸음을 멈추기도 하며 하늘을 응시했다. 제주 서쪽 하늘에 푹 빠져 있던 며칠 동안 관심도 없었던 동쪽 하늘을 우연히 바라보게 되었다. 저 멀리 구름이 줄지어 하늘을 걸어가고 있었다. 며칠째 해지는 하늘을 보면서 반대편 하늘에는 무심했는데, 붉고 검은빛이 내려앉은 해질녘 나무와 들도 너무 아름다웠다. 그날 나는 한쪽만 향하는 여행을 하지는 않기로 마음먹었다. 한쪽에서만 떠나는 여행은 하지 않기로 했다. 우리가 떠나지 못하고 바라보지 못한 곳에 어떤 인연과 이야기들이 우리를 기다릴지 모를 일이다. 그해 늦은 가을 서쪽 하늘은 아름다웠지만 반대쪽 하늘은 내게 깨달음을 던져주었다.

향기 나는 여행

가끔 왜 그렇게 힘들게 사느냐며 애정 어린 핀잔과 걱정을 하는 사람들이 있다. 그럴 때마다 난 무어라 말을 해야 하는 것일까? 이미 정해놓은 답을 듣기 원하는 그들에게 어떻게 이야기해야 하는 건가? 하지만 나는 지금 내 삶에 향기를 덧입히기 위한 여행을 하고 있는 중이기 때문에 굳이 입술을 열어 말하지 않아도, 듣지 않아도 나의 향기를 맡을 수 있을 거라고 믿는다.

에메랄드빛 바다가 있다. 사람들은 저 바다를 보고 어떤 감정을 떠올리고 있을까? 애써 어떤 표현을 하지 않아도 사람들은 아름답다고 말할 것이다. 그래서 난 내 삶에 향기를 덧입히는 노력을 하고 있다. 그 노력이 곧 나의 여행이다.

자기가 책임지지 않기에 우리는 너무나 많은 말들을 덧붙여가며 타인의 삶을 참견한다. 나는 어차피 한 번뿐인 인생에 내가 하고 싶은 것을 즐기며 살고 싶었을 뿐이다. 이러한 여행과 삶을 산다는 건 용기 있는 자만의 선택이 아닐까요 하며 말이다. 모두가 꿈을 꾸며 살아간다. 모두가 여행을 동경하고 그렇게 살고 싶다고 해서 꿈꾸는 대로 살 수 있는 것이 아닌 것처럼 차마 용기 내어 도전하지 못한 자신의 비겁한 인생에 대한 변명 따위는 남에게 하지 않으면 좋겠다. 누군가의 안부를 묻는 일은 자신을 한번 돌아보고 상대를 한번 배려한 후에 해도 늦지 않다. 그래서 나는 언젠가부터 누군가의 안부를 쉽게 물어보지 않는다. 다만 이렇게 말을 건넨다.

"너의 꿈은 뭐야? 너는 참 멋져!! 너의 꿈을 응원해~~."

그게 내가 만난 여행이 내게 전해준 당신의 안부를 물어보는 방법이다.

여행의 길 위에서 만난 당신이 좋습니다.
그대와 함께한 여행의 길 위에서 물음을 얻고, 깨달았기 때문입니다.

여행의 길 위에서 만난 당신이 좋습니다.
누구도 알지 못하는 비밀스런 당신의 이야기를 들을 수 있었기 때문
입니다.

여행의 길 위에서 만난 당신이 좋습니다.
푸른 하늘빛보다 그대의 두 눈빛이 더욱더 푸르고 아름답다는 것을
알았기 때문입니다.

여행의 길 위에서 만난 당신이 좋습니다.
밤하늘의 아름다운 별보다 그대의 삶에 대한 열정이 더욱 빛날 수 있
다는 걸 알았기 때문입니다.

그래서 무엇보다도 여행의 길 위에서 만난 당신이 그립고 좋습니다.

여행의 진정한 가치는 사람이다

제주 서쪽에는 젊은 여행자들이 좋아하는 '쫄깃센터'라는 게스트하우스가 있다. 인기 많은 게스트하우스라서 찾아간 것이 아니라 여행에서 알게 된 친구를 만나기 위해서였다. 청춘들이 좋아하는 게스트하우스답게 많은 여행자들이 머물고 있었다. 그 밤 알게 된 좋은 친구들과의 하룻밤 인연으로 근처 서쪽 바다 야영장에 텐트를 치고 짐을 풀었다. 각자의 여행을 마치고 밤이 되면 함께 모여 맛있는 식사와 술 한잔을 나눌 줄 아는 그런 사람들이었고, 여행이 선물해준 값진 시간과 이야기로 매일 밤을 채웠다. 우스꽝스런 말을 던지던 분위기메이커 의형제도 있었고, 갈염색을 배우기 위해 제주까지 내려온 젊은 패션디자이너와 웃음소리가 너무나 유별났던 바리스타, 그리고 예쁜 동화책을 만드는 게 꿈인 그림쟁이 소녀도 있었다. 이름보다는 각자의 개성과 좋아하는 것들 또는 별명으로만 기억되는 사람들이었다. 그렇다고 남들과 다른 특별함을 간직한 그런 사람들은 아니었다. 그저 우리가 살면서 만나게 되는 주위의 흔한 친구들이었고, 그들이 여행을 떠나왔을 뿐이었다. 그렇게 서로를 알아가며 친구가 되었다. 그동안 여행을 하며 남들과는 다르게 살려는 사람들, 자신이 생각하는 가치와 이념에 묶여 자기만의 길을 가는 사람들을 많이 보았다. 남들과 다른 길을 가는 것은 정말 뜻 깊은 일일 수 있지만 자신의 세계에만 갇힌 채 남을 존중할 줄 모르는 그런 여행자들을 너무나 많이 보았기 때문에 나는 제주 서쪽에서 만난 소중한 인연들을 지금도 마음속에 간직하며 살아간다.

흔히들 여행을 떠올리면 소풍 가기 전날 느끼는 기대와 설렘을 이야기하기도 하고, 카메라 프레임에 담긴 멋지고 아름다운 풍경을 마주하는 순간을 말하기도 한다. 그리고 더러는 혼자 먹기에는 아까운 값비싸고 맛있는 음식을 떠올리기도 한다. 하지만 내게 진짜 여행은 사람이었다. 여행에서 당신과 내가 나누었던 대화이고 서로를 응원했던 그 시간들이다. 잊지 말아야 할 것은 여행의 진정한 가치는 '사람'이라는 것이다. 아름다운 풍경은 사진과 머릿속에 남지만 '사람'은 내 마음과 당신의 마음 깊숙한 곳에 각인되기 때문이다. 사진 한 장으로 담을 수 없는 가치 위의 가치, 그것이 '사람'이고 여행에서 내가 만난 인연들이다.

그림 볼 줄은 잘 모릅니다.
그림도 잘 그리지 못합니다.
그래도 저 그림을 보면 떠오르는
생각 하나 정도는 있습니다.
제가 미술관에 가는 이유이죠.

Illust 여행자 봉현

나의 지금은 아버지가 주고간 선물이다

내 나이가 벌써 서른셋이 되었다. 지금껏 살아오면서 가장 좋아한 것이 무엇이었을까? 어렸을 적에는 동네 군수가 되고 싶다며 예배당에 앉아 기도하기도 하였다. 미술학원에 다닐 형편이 못 돼서 혼자 노트에 다른 그림들을 따라 그리던 때에는 꽤 오랜 시간 동안 미술가를 꿈꾸기도 하였다. 하지만 모든 것은 한때였다. 그때가 지나고 나면 언제 그랬냐는 듯 모든 것이 기억 속에서 잊히고 말았던 것이다.

하지만 어릴 적부터 지금까지 한결같은 것들도 있다. 바로 글을 쓰는 것이다. 엄마가 투병을 하시던 중학교 3학년 시절부터였을 것이다. 엄마는 속이 안 좋다며 동네 의원에 자주 다니셨다. 별 차도가 없자 도시의 큰 병원에 가게 되었는데 막내외삼촌이 엄마를 모시고 간 것으로 기억한다. 엄마의 병명은 '암'이었다. 나는 무지했다. 암이 그렇게 큰 병인 줄도, 엄마가 그렇게 빨리 내 곁을 떠날 수 있다는 것도 난 몰랐다. 그때부터 엄마의 병상을 지키며 노트에 기록을 하기 시작했다. 나의 감정들을 말이다. 사람들이 내 처지를 불쌍하게 생각하는 것을 알게 되었을 때 나도 비로소 내 상황을 직시하게 되었다.

내게는 아마도 상처와 아픔이 늘 공존했던 것 같다. 열여섯 살 그 해에 나는 너무나 일찍 철이 들어버렸다. 1년을 투병하던 끝에 엄마는 내가 고등학교 1학년일 때 하늘나라로 올라가셨다. 물론 가난했다. 병원비도 낼 수 없는 형편이었지만 고맙게도 가까운 친지들이 병원비를 해결해주었다. 그리고 나는 외로움과 고마움을 동시에 느꼈다. 엄마를 잃어버린 외로움은 이제 아버지와 나 단 둘이 남겨진 쓸쓸함이었고, 그렇게 힘든 나와 아버지를 도와주는 사람들에 대한 고마움이었다. 난 지금껏 너무나 많은 사람들에게 도움을 받아왔다. 어찌 보면 일찍 성숙하고 철이 들었지만 도움을 받는 것에만 익숙해서 내 곁의 소중한 사람들에게 더 잘 해주지 못한 것 같다. 습관이 되었고 익숙한 그 모든 것에 길들여져 버린 것이다.

엄마가 나와 아버지 곁을 떠난 후 나는 고등학교 때부터 청각장애를 가진 아버지와 함께 20대를 보냈다. 듣지는 못하셨지만 언제나 장난기 가득한 눈으로 유쾌한 모습을 보이셨던 아버지, 직장에 다닐 때는 아침을 거를까 항상 아침밥을 차려줄 정도로 늘 곁에서 든든한 삶의 버팀목으로 자리하셨던 소중한 분이다.

여행길에 만난 많은 사람들이 지금의 내 삶을 궁금해했다. 왜 이렇게 살고 있는지, 어떻게 지금의 여행을 하게 되었는지. 여행을 하다 만난 아저씨도, 강연을 통해 만난 학생들도, 내가 사랑한 그 사람도 내게 이 질문을 하였다.

나의 지금은 아버지가 주고 가신 선물이다. 서른을 몇 달 앞두고 갑자기 아버지가 천국으로 돌아가셨다. 아팠다. 세상이 미웠고 증오했다. 마지막 남은 가족마저 내 곁을 떠난 것이 너무나 아파서 그토록 사랑했던 하나님을 미워하고 증오하였다. 형제도 없는 나에게서 두 분을 모두 데려가셔야만 했냐며 울음을 터트렸다. 아프고 아파서 너무나 힘들었다. 늘 함께였던 누군가를 떠나보내는 일은 형언할 수 없는 아픔이었다. 성인이 되어서 세상에 혼자 남겨진 그때 나는 아마 절망을 경험하고 있었을 것이다. 하지만 무언가 달랐다. 그 아픔 속에서 나를 감싸주던 신의 위로와 사람들의 토닥임을 잊을 수가 없다. 너무나 많은 사람들이 내게 손을 내밀어 나를 위로하고 있었다. 슬픔과 행복이 함께하던 그날이었다. 그때 결심했다. 내가 사랑하고 나를 사랑해주는 사람들과 함께 슬플 때나 행복할 때나 늘 함께할 수 있는 공간을 만들어야겠다고. 그렇게 시작한 지금의 삶이다.

"혼자 떠나는 여행은 내가 자신을 위해 해줄 수 있는 선물이고 그 선물을 통해 치유된 나는 다시 제자리에 설 수 있게 된다."

어느 날 여행 중에 공중화장실에서 마주한 글을 읽고 작은 포구에서 깊은 생각에 잠긴 적이 있다.

돌담길을 따라가다 만나는 카페 세바

몇 해 전 가을날 흐린 잿빛 하늘 아래 머물렀던 카페가 있다. 여행에
서 만난 친구와 함께 제주의 작은 시골 동네인 선흘리에서 만난 카페
이다. 낯선 이와 함께 만든 추억은 지금도 생생하게 기억된다. 카페
라고는 있을 것 같지 않은 시골마을 돌담길을 따라가다 만나게 된 아
름다운 카페의 모습.

'카페 세바'는 핸드드립과 모카포트, 더치커피 등 수등추출 커피를
전문으로 하고 있다. 때늦은 더위에 시원한 더치커피 한 잔을 주문했
는데, 더치커피와 함께 코끝에 전해지는 진하고 깊은 향이 너무나 좋
았다. 한쪽에는 피아노와 함께 여러 악기들이 놓여 있었다. 창가로
들어오는 햇살을 머금고 아름다운 음악을 들을 수 있다면 하는 아쉬
움이 남기도 했다. 알고 보니 카페 세바는 문화예술공간이었다. 음악
가들이 자주 공연을 하고 때때로 전시도 있다고 하니 일정에 맞춰 방
문해 보는 것도 좋을 듯하다.

이곳이 내 여행 속에 특별한 이유는 영화배우 조달환과 커피와 삶을

나눈 곳이기도 하기 때문이다. 지금은 소중한 친구가 되어준 또 다른 일상여행자. 내 여행을 특별할 수 있게 해준 그 인연이 고맙고, 진실하고 솔직한 대화를 나눌 수 있어서 좋았다. 아마 여행이 그 모든 것을 가능하게 했을 것이다. 카페 세바가 선물하는 아늑하고 따뜻한 느낌이 우리의 만남을 더욱 아름답게 만들어준 것 같다.

한쪽에 자리한 문은 옛 정취가 물씬 풍겨났다. 뜯지 않은 창호지가 너덜너덜하게 달라붙은 문에는 누군가의 쪽지가 붙어져 있었다. '일부러 종이를 뜯지 않았습니다. 예쁘게 재활용해서 이용하세요. 담에 시간되면 또 봐요.'

때로는 아무것도 손대지 않은 그런 꾸밈없는 모습이 좋을 때가 있다. 있는 그대로의 모습, 있는 그대로의 그대가 좋은 것처럼 말이다.

카페 세바에서 제일 마음에 들었던 공간은 참으로 멋지고 아름다운 지중해 느낌의 주방이었다. 블루톤 벽면과 잘 어우러지는 선반 배치도 훌륭했고 주방 도구들과 소품들까지도 개성이 묻어나는 정말 아름다운 주방이었다. 그곳에 들어가 서 있는 것만으로도 유럽의 한적한 시골마을에 있는 듯한 느낌이 들 것 같았다. 그곳에서 살고 싶었다.

 /Cafe in/ 카페 세바(CAFE SEBA)

주소: 제주시 조천읍 선흘리 선흘동2길 20-7
전화: 070. 4213. 1268 블로그: http://blog.naver.com/cafeseba

절실한 용기만이 나를 떠나게 한다

여행에는 정답이 없다. 우리 인생에 정답이 없는 것처럼 말이다. 난 세상의 모든 청춘들이 여행을 떠나기를 바란다. 자신의 삶에서이든 자신이 머무는 그 자리에서든 여행을 떠나기를 말이다.

누구나 여행을 꿈꾼다고 말한다. 하지만 정작 떠나지 못하는 이유는 무엇일까? 돈 때문이라면 그것은 핑계에 지나지 않는다. 나는 여행 경비를 마련하기 위해 공사판에서 일을 한 적이 있다. 만약 돈이 여행을 막는 걸림돌이라면 아마 지금 이 여행도 할 수 없었을 것이다. 시간이 없어 떠나지 못한다는 사람들도 있다. 시간은 누구에게나 공평하다. 다만 자기 자신이 그 시간을 가지려고 노력하지 않았을 것이다. 오히려 자신의 소중한 시간을 소비하고 싶지 않았는지 돌아봐야 할 것이다.

무엇 때문이라는 핑계 섞인 우리의 변명은 더 이상 여행을 방해할 수 없는 것들이다. 만약 그 무엇 때문이었다면 지금 나의 여행은 없었을 것이다. 주위의 환경이 여행을 떠나지 못하게 하는 것이 아니다. 떠나지 못하는 모든 이유는 자기 자신에게 있다. 가만히 생각해보면 나와 당신에게 용기가 없어서일지도 모르겠다. 여행에 대한 절실한 용기를 가져본 적이 없다면 지금이라도 용기를 내었으면 좋겠다. 그리고 떠나자. 우리가 꿈꾸던 여행을 위해서 말이다.

네가 있는 그곳이 꽃밭이다

한 여행자로부터 날아온 그림 한 장에 내 여행이 담겨져 있었다.

취. 한. 다.

사람의 향기에.

여행의 향기에.

날 취하게 한다.

술 한잔 마시지 않아도 취할 수 있음을 오늘에서야 알았다. 저기 저 그림에 내 여행이 담겨져 있다. 저기 나를 그리워하던 한 여행자가 나를 만났던 첫날의 모습을 고이 담아놓았다. 찢어진 종이박스도 끊어진 성냥개비도 내 여행을 담는 도구가 되어 있었다.

그녀는 제주에 산다. 혼자 서울 도시를 떠나 한적한 제주의 한 산간

마을에 살고 있다. 다만 사람들이 버린 여러 가지 것들로 다시 무언가를 만들어내는 것에 관심을 쏟고 있다. 그리고 그것들을 사람들에게 알리고 전시하고 때로는 판매하여 생활비를 마련하기도 하면서 말이다.

그녀의 마음이 전해진다. 가난한 여행자가 또 다른 가난한 여행자에게 보낸 따뜻함이다. 귀퉁이에 적어 보낸 기도와 같은 편지를 읽어본다.

"네가 있는 그곳이 꽃밭이다.

가시밭길이어도

네가 있는 곳은 꽃밭이다."

_글과 그림, 가난한 청춘여행자 '신리니'

버려진 물건이 숨을 불어넣는 그림카페

카페를 찾아가는 이유 중에 안락함과 편안한 인테리어를 손꼽는 사람들이 있다. 하지만 카페여행을 하며 만난 내가 좋아하는 카페들의 모습은 그렇지 않았다. 카페를 지키는 사람의 향기가 있었고, 그 공간에 담긴 삶의 이야기가 커피향처럼 코끝에 전해지는 그런 곳들이었다.

또 하나의 카페가 있다. 해변 끝자락, 사람의 왕래가 많지 않을 것 같은 마을 모퉁이에 잘 보이지도 않는 곳에 버려진 채 방치된 농기계창고를 손수 꾸며서 만든 공간이었다. 서너 평 남짓한 공간에 만들어진 작고 아기자기한 카페의 모습. 카페주인이 오랜 시간 인도여행을 하면서 모아온 소품들로 꾸민 인테리어가 가장 먼저 눈에 들어왔다. 이곳 주인장은 20대의 젊은 여행자다. 제주에 여행을 왔다가 이렇게 카페를 만들어 제주에서 삶을 여행하고 있는 중이다. 그 젊음의 도전에 나는 박수를 보냈다. 아름다운 바다를 마주보며 마시는 커피맛은 잊을 수 없을 정도였지만 단순히 맛있는 커피와 음료를 제공하는 것만으로 끝나지 않았다. 작은 카페의 곳곳에는 여행을 떠난 듯 나만이 앉아 풍경을 음미하며 커피 한 잔을 들이킬 수 있는 여유와 낭만이 존재한다. 나는 사람들의 기억 속에 잊힌 채 버려진 공간에서 버려진 물건들로 '숨'을 불어넣는 인테리어가 너무나도 좋다. 조금만 눈을 돌려 사물을 바라보면 버려짐이 아니라 다시 쓰임 받을 수 있는 것이 된다. 죽은 것이라 여겼던 것들이 다시 생명을 얻어 우리 삶에서 쓰일 수 있다는 것은 너무나 중요하다. 누군가의 손때가 묻은 물건이 그 지나간 흔적을 안고 내 앞에 놓여 있다는 것이 너무나 좋다.

'그림카페(GRI:M CAFE)'에서는 그런 노력의 흔적들을 찾아볼 수 있다. 마치 여행을 떠나야만 할 것 같고, 여행을 온 것 같은 상상을 가능하게 하는 곳이다. 작고 허름한 카페 안에서 나는 그렇게 여행을 떠났다.

그림카페 안에서 바라보는 서우봉으로 올라가는 해변과 길은 그림 같다. 카페 안에서 바라보는 사람들과 멀리 자신의 터전을 떠나온 여행자들의 발걸음을 바라보는 것은 액자 안에 삶을 그려넣은 것 같기도 하다. 실제로 카페 안에서 바라보는 풍경이 그림 같아서 이름이 그림카페라고 한다. 누구나 동화 같은 그림을 그리는 여행을 꿈꾸지만 그저 아무런 생각 없이 향긋한 커피 한 잔을 마실 수 있는 그런 편안함과 여행길 위에 서 있는 것처럼 여행 그대로를 느낄 수 있어 이

카페가 더욱 기억에 남는 듯하다. 제주에 갈 때마다 들러 커피트럭에서 내린 핸드드립커피와 그림카페의 음료를 맞바꾸며 서로의 삶을 응원한다. 그게 이 여행으로 우리가 나누게 된 청춘들의 '정(情)'이었다.

 /Cafe in / 그림카페(GRI:M CAFE)
주소: 제주시 조천읍 함덕리 205-1
페이스북: https://www.facebook.com/GRIMCAFE/info

여행, 그것은 치유이다

여행을 하는 동안 기억에 남는 괴짜들이 꽤 있었다. 그날 내가 만난 여행자는 외모나 성격까지 너무나 괴짜였다. 단 하루의 여행에서 만난 인연이지만 여전히 나의 여행을 응원해주는 한 분이다. 여행 중에는 자신을 그저 사진을 찍는 사진가로만 말했지만, 나중에 그분의 강연과 활동하는 모습을 보면서 더욱 좋아하게 되었다. 여행 중에 만나 대화를 나눌 때는 굉장히 차갑고 무섭기까지 했는데, 강연이나 매체에서의 모습은 유머러스하고 개성 넘치는 유쾌한 분이었다. 오늘 내가 전하는 편지는 포토테라피스트(Photo Therapist) 백승휴 사진작가 이야기다.

'포토테라피'를 처음 들었을 때는 낯설어 잘 이해할 수 없었다. 강연을 통해 접한 포토테라피는 한 장의 사진을 통해 누군가의 아픔과 상처를 치유할 수 있다는 것이었다. 사진 한 장이 사람의 마음에 난 상처를 아물게 할 수 있다면 정말 아름다운 일이 아닌가? 그분은 사진

속에는 무의식적으로 스스로가 좋아하고 바라는 것들이 담기게 되어
있다고 말했다. 그리고 핸드폰으로 찍는 사진이든 좋은 카메라를 들
고 찍는 사진이든 빛과 사물에 대한 반응과 깊은 관찰은 좋은 사진을
찍을 수 있는 요소가 된다고도 했다. 그 순간 갑자기 무언가 확인하
고 싶었다. 지난 여행의 내 사진 속에는 무엇이 담겨져 있을까? 추억
처럼 간직하였던 사진을 한 장 한 장 들춰보았다. 사진 속에는 내 여
행의 순간이, 내가 만난 인연들이 고스란히 담겨 있었다. 어찌 보면
사진은 삶과 이야기가 담겨 누군가에 의해 잘 쓰인 한 권의 책과 같
다. 그때 알았다. 내 여행사진 속에 담긴 내가 좋아하는 것은 다름 아

넌 '사람'이었다는 것을. 그날 이후 난 사람을 여행하기로 마음먹었다. 무엇보다 내 사진 속에는 '사람'의 모습이 많이 담겨져 있었다. 그래서 내가 오늘 '사람'을 여행할 수 있었을지도 모른다. 그 사람 여행의 물꼬를 터준 것이 바로 사진이었다.

괴짜 여행자였던 그분이 내 청춘에 전해준 짧은 편지이다.

"젊다는 것은 모든 것을 안을 수 있다는 것을 김현두 씨를 만나면서 공감했답니다. 생각대로 밀고 가면 전부 이뤄집니다.
……몸으로 도전했기에 생각만으로 다가가는 것보다는 더 많은 실질적인 것을 얻을 수 있었습니다. 떠나야 그곳이 보입니다. 산속에서 산맥을 볼 수 없듯이, 제주를 육지에서 바라보면 더욱 새록새록 제주를 떠올릴 수 있을 겁니다.
……나와 만나고, 타인을 만나고 여행이 주는 값진 선물을 받기 위해서는 힘겨움도 극복해야 하는 어려움이 있다는 거. 그것이 인생 아닐까요? 마음 안에 평온함이 있기를 바라요."

한 괴짜여행자의 몇 마디는 내 삶과 여행에 큰 힘이 되었다. 그러면서 나의 여행을 통해서도 사람을 치유할 수 있지 않을까 하는 생각을 했다.

세상이 만들어놓은

그 답이 싫어서 이렇게 살아간다.

답이 없는 세상이 좋아

오늘도 난 이렇게 길 위에서의 삶을 살기로 했다.

그것이 진정으로 내 인생의 주인으로 사는

나만의 방법이었다.

한 폭의 그림 같은 '고래가 될 카페'

제주 월정리 해안에서 바라보는 바다는 아름다웠지만 차가운 바람 때문인지 그리움이 엄습해왔다. 고래가 되고 싶어 바닷가에 머무는 것일까? 정말 고래가 되고 싶어서였을까? 바다에 머물면 고래가 될 수 있을까? 여행이 떠나고 싶어 오늘 이렇게 여행자로 살며 이 바닷가에 머무는 나는 진정으로 원하는 삶을 살고 있는 것이겠지. 아름다운 바닷가에서 만난 카페여행 '고래가 될 카페' 그곳에서의 얘기다. 카페에 들어서기 전 내 눈에 띈 것은 누군가가 적어놓은 한 편의 시(詩)였다.

죽 한 사발

나도 언제쯤이면
다 풀어져
흔적도 없이 흐르고 흐르다가

그대 상처 깊은 곳까지
온 몸으로 스밀
죽, 한 사발 되랴.

_박규리 시집《이 환장할 봄날에》에서

입구로 들어서면 하늘과 맞닿는 곳에 피아노 한 대가 놓여 있다. 누군가 피아노 앞에 앉아 하늘까지 닿는 선율을 선물하고 있었다. 피아노 소리에 한참을 서성이며 더 이상 들어서지 못했다. 어쩌면 그리움 때문에 힘들어하는 나에게 들려주는 선물인 것만 같아서였을지도 모르겠다. 작은 고양이 한 마리가 살며시 카페 안으로 들어서는 뒤를 따라 나도 카페에 들어섰다. 카페는 흰색을 바탕으로 깔끔하게 디자인되어 있었다. 여기저기 전시된 그림 작품과 사진, 그리고 저마다의 얘기를 간직한 소품들이 적당한 조화를 이루며 카페 안을 더욱 단정하게 만들어주었다.

여행을 하면서 생긴 습관 중에 하나가 텀블러를 손에 쥐고 다니게 된 것이다. 텀블러 하나가 환경오염을 조금이나마 늦출 수 있다는 생각에 어느 날부터 나도 모르게 텀블러를 챙기는 습관이 생겼다. 여행은 내가 살지 않는 곳에 나의 흔적을 남기는 일이다. 본의 아니게 버려진 쓰레기도 그중 하나다. 그 못된 흔적을 조금이나마 줄일 수 있는 그런 여행자로 살아보기로 했다.

시작할 수 있을까? 걱정했던 여행이었지만 지난 1년간 아름다운 인연들로 인하여 이제는 웃을 수 있는 여유를 가지게 되었다. 수많은 인연들의 기억을 기록하는 일은 가슴 벅차고 따뜻한 일상이 되고 있었다. 카페 테이블에 앉아 여행일지를 적고 있는데 어디선가 아기고양이 한 마리가 나타났다. 목이 마른지 화병에 담긴 물을 마시는 녀석을 보고 웃음을 지으며 잠시 나도 쉬어본다.

창가 너머로 보이는 아름다운 월정리 해안의 모습, 마치 액자에 담긴 한 폭의 그림 같은 풍경이 이 카페를 더욱 유명하게 만들었다고 한다. 그러고 보면 사람들이 원하는 것은 그럴 듯한 외관이나 인테리어가 아니라 담 너머 보이는 자연 그대로를 좋아하고 동경하는 것이다. 고래가 될 카페에서 느꼈던 아늑함이나 편안함, 알 수 없이 전해오던 따스한 감정들 또한 아름다운 바다가 배경이어서였던 것 같다.

 /Cafe in/ 고래가 될 카페
주소: 제주시 구좌읍 월정리 4-1(월정리 해안도로변)

보이지 않는 것을 애써 보려하기보다,
보이지 않는 것조차도 그냥 믿어주고 응원해주는
그런 사람이 되세요.
미련하고 바보 같다고 생각하지 말아요.
그렇게 손해 보는 듯 그렇게 아낌없이 믿어주는 것이 사랑일 거예요.
그런 모습이 결코 미련하거나 바보 같은 건 아니에요.
다시 한 번 말하지만 누군가를 사랑하는 건 미련하지 않아요.
사랑하는 방법이 미련할 수 있을지언정
사랑을 주는 당신을 미련하다 욕하는 사람이 정말 미련한 거예요.
계산 없이 사랑하기로 해요.

414,130이라는 숫자에 담긴 의미

내게는 좋은 친구들이 여럿 있다. 아무것도 가진 것 없는 나지만 나는 사람을 가장 큰 자랑거리로 여기며 산다. 친구들은 나를 잉여백수라고 말한다. 명백히 커피를 파는 일을 한다고는 하지만 돈을 안 버는 날이 더 많기 때문일 것이다. 반면에 나는 직업을 묻는 질문에 '노는 중'이라고 말하고, 세상 사람들은 이런 나를 여행가라고 부르기도 한다. 이리저리 훑어보아도 소위 말하는 한량에 가까운 삶이다.

어느 날 한 친구를 만났다. 내가 이 친구를 좋아하는 이유는 조금은 비슷한 감성을 가지고 있어서일 수도 있다. 서로 다른 삶을 살아왔지만 서로의 생각을 응원해주는 것도 좋았다. 이 친구는 시를 좋아하는 따뜻한 감성을 가지고 있고 와인을 좋아하며, 바다 위에서 사는 항해사로 국내 최초의 위그선(WIG) 조종사이기도 하다. 동시에 한 사람의 소중한 연인이고 한 어머니의 자랑스러운 아들이다.

여행을 하다 보니 꽤 오랜 시간 만나지 못하다가 그의 어머니가 요양하고 계신 병원에 들러서야 만날 수 있었다. 오랜 요양으로 왜소해지고 거동은커녕 말씀조차 어려워지신 어머니를 바라보며 흘렸을 눈물과 기도의 흔적들이 말하지 않아도 내게 전해졌다. 짧은 방문을 마치고 병원을 나서려는 나에게 그가 흰 봉투 하나를 쥐어줬다. 어머니 정신이 온전하셨을 때 미리 허락을 받은 거라며 매달 어머니에게 나오는 연금 한 달 치를 건네준 것이다. 의미 있는 곳에 쓰고 싶었는데, 꼭 어렵고 힘들어서가 아니라 주변을 둘러보니 내가 브였다고 말하는 친구. 여행을 응원하는 마음으로 여행길에 맛있는 식사 한 끼라도 했으면 좋겠다고 말을 더했다.

몇 주 후 친구의 어머니는 천국으로 돌아가셨다. 봉투 안에 담긴 금액은 414,130원이었다. 414,130은 내게 큰 의미가 담긴 숫자가 되었다. 이 숫자는 사랑과 감사를 의미하고 또 하나의 죽음을 의미한다. 나에게 414,130은 삶의 비타민이었다. 물질이 내 손에 쥐어주는 그런 감정들이 아니라 그 물질을 내 손에 들려준 친구의 마음과 사랑이 내 삶의 비타민이 되어준 것이다. 나는 아름다운 사람들과 여행을 떠나며 일상을 살아간다. 아쉽게도 사랑하는 사람을 다 안고서 살아가지 못하는 삶이지만 그래서 내 곁에 소중한 당신을 더더욱 아낌없이 사랑할 줄 아는 사람이 되고 싶어진 날이었다.

사랑과 이별 사이에는 용기가 필요하다

용기 있는 한 마디 말이 그녀의 마음에 불을 지필 수 있습니다.
그 용기 있는 고백이 돌아선 그녀의 등을 되돌릴 수도 있습니다.
상대를 향한 단 하나의 진심이라면 그대는 사랑할 자격이 충분합니다.
하지만 때로는 한 번의 망설임으로 그녀를 떠나보낼 수도 있습니다.
그러니 진심으로 사랑하세요.
사랑인지는 모르겠지만 이별인지는 알 거 같은 그런 날도 있습니다.
그땐 이미 늦어버리고 말 거예요.
사랑과 이별 사이에는 진심어린 용기가 필요합니다.

감성 충만한 한 여대생의 시

추운 겨울이었다. 함박눈이 며칠째 전주 시내에 내리고 있었다. 한푼이라도 벌지 않으면 생활비 마련도 힘들 것 같아 매일같이 진안과 전주 사이 왕복 80킬로미터를 오갔다. 워낙 낡은 차라 시동이 잘 걸리지 않는 날도 많았지만 길 위의 내 카페와 삶을 만나고자 하는 사람들이 있었기에 평일이면 어김없이 카페를 열었다. 며칠 전부터 커피트럭에 찾아와 나를 총각오빠라고 부르던 한 여대생이 있었다. 방학을 맞아 근처 공공기관에서 인턴으로 일하는 중이던 그 여대생은 점심때면 커피트럭에 찾아와 별 하는 것 없이 이것저것 물어보고 커피한 잔 마시고는 그냥 가버렸다. 그러던 하루는 사무실에서 시집을 읽다가 내용이 너무 좋아 복사했다며 시를 들고 커피트럭에 찾아왔다.

섬 _김재진

내 안의 어둠이 내 밖의 사랑과 만나 빛이 되기를
내 안의 파도가 내 밖의 바다와 만나 새가 되기를
내 안의 분노가 내 밖의 거룩함과 만나 용서가 되기를
내가 뭔가를 간절히 원하며 기도할 때마다
갈망하는 그 마음으로부터 벗어나게 하소서.
내가 세상으로부터 상처받는 그 순간마다
아픔으로부터 많은 것 배우게 하소서.
내가 고독함에 시달리는 그 순간마다
묵묵히 외로움 받아들이는 섬으로 있게 하소서.

"내일 또 봐요!" 하면서 걸음을 떼는데 별안간 주머니에 넣은 손에 위안이 낙낙히 잡힌 기분이었습니다. 그다지 깊은 이야기를 나눈 것도 아닌데 아픈 상처를 말하지도 않았는데, 위로라니요. 그저 평행선처럼 서로를 대하고 있어도 외롭지 않았던 것은 아마 딱히 무엇을 내세우려 애쓰지 않았고 누군가가 되려고 욕심내지 않았기 때문일지도 모릅니다. 내일, 보여주고 싶은 시가 있어요. 기대해도 좋아요! 고맙습니다, 총각. 806.5호에서(여대생이 나를 만난 후 기록한 SNS의 글)

아직도 그 여대생이 전해준 시와 이야기를 잊을 수가 없다. 어쩌면 내가 수많은 사람을 여행할 수 있었던 것은 이 여대생이 전해준 편지에서처럼 무엇을 내세우려 애쓰지 않고 욕심 없이 그저 순수하게 사람을 대하고 그 사람을 여행하였기 때문일지도 모른다.

방학을 보내는 내내 잊지 않고 점심시간마다 커피트럭 공간이를 찾아주던 감성 충만한 여대생은 마음이 아픈 날이면 위로가 되어주는 시를 들고 그렇게 찾아와주었다. 힘든 일상을 살고 있었다. 물질이 주는 어려움이나 육체적인 고통이 때로는 내 꿈과 현실 사이에서 저울질하게 할 때도 있었다. 내가 좋아하는 것을 하기 위하여 이 여행을 택하였지만 하루에도 몇십 번씩 꿈과 현실 사이에서 고민을 거듭하고 있었다. 나는 사람들이 말하는 것처럼 멋지고 성숙한 청춘을 사는 것이 아니라 내 청춘에 도전과 용기를 선물하고 싶었을 뿐이다. 그랬다. 나는 여전히 어렸고, 흔들리며 아파하는 것이 어쩌면 당연한 것일 수도 있었다.

너무나 힘든 날이 있었다. 슬픈 사랑을 예감하고 한숨을 몰아쉬던 겨울날이었다. 여대생은 다음날 들려주고 싶다던 그 시를 들고 다시 찾아주었다. 내게 위로가 되어주고 내 하루의 삶에 치유를 선물하고 사라진 내 여행 속 추억 같은 그 소녀를 나는 무척이나 그리워하는 중이다.

치유 _김재진

나의 치유는 너다.
달이 구름을 빠져나가듯
나는 네게 아무것도 아니지만
너는 내게 그 모든 것이다.
모든 치유는 온전히

있는 그대로를 받아들이는 것
아무것도 아니기에 나는 그 모두였고
내가 꿈꾸지 못한 너는 나의 하나뿐인 치유다.

어쩌면 일상에서는 만날 수 없는 내 안의 특별함을 만나기 위해 여행을 떠나는 것일 수도 있다. 이 일상에서의 여행이 나와 너에게 주는 가장 큰 선물이지 않을까? 사람을 여행한다. 당신이 내게 여행이다.

그냥 꽃이 아닙니다.

그냥 커피 찌꺼기가 아닙니다.

커피 '꽃' 입니다.

이 꽃은 커피향기가 납니다.

가끔 이 녀석이 눈물을 흘릴 때면

따뜻한 잔에 담아 마실 수도 있습니다.

커피가 '꽃' 이 되었답니다.

편지 / 마흔하나

여행자카페에 대한 나의 꿈

예전엔 나도 남들과 똑같이 9시가 되면 출근을 했다. 매무새를 가다 듬고 상사에게 머리를 조아리며 6시가 되면 다시 집으로 돌아오는 보통 직장인의 삶이었다. 모처럼 예전에 같이 일하던 직장동료를 만났다. 직장을 그만둔 후 거의 1년 만에 만난 그 선배는 회사 다닐 때 나를 잘 챙겨주던 형님이었다. 지친 어깨를 한 그는 여느 회사원의 모습과 별반 다르지 않았다. 누구나 다니고 싶어 하는 회사에서 안정적인 생활을 하는데도 힘든 일상을 이야기하는 그의 모습을 지켜보는 나는 안타까웠다.

나에게는 여행자들과 함께 만들어가는 '여행자카페'에 대한 꿈이 있다. 배낭을 메고 여행을 떠나온 사람만이 찾는 곳이 아니라 서류철을 뒤적이던 직장인이나 공부하다 지친 학생들 같은 바쁘고 힘든 일상 속에 자신의 삶이 어디로 가는지조차 모른 채 살아가는 이 시대의 사람들이 편안하게 쉴 수 있는 공간을 만들고 싶다. 내가 만든 카페가 여행지가 되고, 카페 안에 발을 내딛는 모두가 여행자가 되는 그런 풍경을 상상한다. 일상에서 한걸음만 더 용기를 내어보면 그 일상이 당신에게 달콤한 여행이 되어 돌아올 것이다.

맛있어져라 주문을 외워본다

여행 중에 읽었던 책 가운데 내가 좋아하는 책이 한 권 있다. 내가 내리는 커피맛도 달라졌을 정도로 소중한 책이었다. 대학가에서 커피를 내리던 가을날 한 손님이 선물로 준 일본작가 모리사와 아키오의 《무지개 곶의 찻집》이다.

입버릇처럼 내 커피를 찾는 손님들에게 이 책 이야기를 한다. "커피맛이 좋아요!"라는 칭찬 앞에 나는 항상 이 책에 담긴 이야기를 꺼내놓곤 한다. 책 속에 소개된 찻집에는 아주 드문드문 커피를 찾는 손님들이 찾아온다. 그리고 손님들마다 커피맛이 너무 좋다고 칭찬을 아끼지 않으며 어떻게 커피맛이 좋은지 주인에게 비법을 물어보곤 한다. 그때마다 찻집 여주인은 그냥 싱긋 웃기만 할 뿐이었다. 책의 시작과 중간 어디에도 그 비법에 대한 이야기는 나오지 않았다. 그저 웃기만 하는 여주인의 모습을 써놓았을 뿐이다. 끝까지 읽은 후에야 커피맛이 왜 그렇게 좋은지 이유를 알게 되었다.

"어젯밤과 똑같은 커피콩을 갈기 시작한다.
맛있어져라, 맛있어져라. 이렇게 주문을 외운다."

다름 아닌 주문을 외우는 것이었다. 커피를 내릴 때마다 '맛있어져라'고 주문을 외웠던 것이다. 사람의 마음에 담긴 따뜻함이 커피에 녹아내렸을 것이 분명하다. 그렇게 정성스레 내린 커피가 어찌 맛없을 수 있겠는가. 그리고 어느 순간 나도 모르게 주문을 외우고 있었다. '맛있어져라.'

이 책에 등장하는 찻집 주인, 사랑스러운 여자 '에스코'는 화가였던 사랑하는 남편을 먼저 저세상으로 떠나보내고, 남편이 건강한 오른손으로 그린 마지막 작품 속 풍경이 있는 그곳에, 아무도 찾지 않을 것 같은 바닷가 절벽이 내려다보이는 그곳에 작은 찻집을 차렸다. 너무나 애절하다. 그녀는 남편이 마지막으로 그린 그림 속 저녁노을을 보기 위해서 찻집을 열었다. 그림 속에는 저녁놀에 물든 바다와 무지개가 있다. 수십 년 동안 그녀는 그림 속 풍경을 볼 수 있을까 하며 찻집을 지킨다. 운명처럼 이상한 기운에 이끌려서 말이다. 그렇게 수십 년이 흐르고 난 후 그녀는 알게 되었다. 그녀가 찾아 헤매던 그림 속 풍경은 일몰이 아니라 일출의 순간이었다는 것을. 이 부분을 읽을 때는 참으로 애절하기까지 했다. 그러나 책 속의 그녀는 참으로 차분하고 사랑스러울 뿐이었다. 그녀 곁에 있던 애견 '고타로'를 끌어안고 자신의 심장에 대고 지그시 누르며 이렇게 말한다.

"들리니? 행복의 두근두근."

"과거를 그리워하는 건 자신이 살아온 여정을 받아들였다는 증거가 아닐까?

괴로웠던 일까지 포함하여 여태까지의 인생을 통째로 긍정하기 때문에 너희는 그리워하는 마음으로 그 당시를 추억할 수 있는 거란다. 겹겹이 쌓아온 과거의 시간이 바로 지금의 너희니, 과거를 그리워한다는 것 자체가 자신을 긍정하고, 받아들이고, 소중히 여기고 있다는 뜻이라고 생각해."

_《무지개 곶의 찻집》중에서

나는 꿈을 실천하며 다시 꿈꾸는 여행자이다

언제부터인가 내 여행을 좋아해주고 응원해주는 사람들이 생겨나기 시작했다. 그것은 아마 SNS로 소통하고 위치를 알렸기 때문일 것이다. 내가 만난 여행자, 커피트럭의 위치, 소소한 일상을 사람들에게 나누는 것은 여행을 시작하면서부터 지금까지 하루도 빠지지 않고 내세운 고집이며 방침이었다. 그것이 나 혼자만의 여행에서 끝나버렸을지도 모르는 이 여정을 세상 사람들과 함께 공유하고 공감할 수 있게 했을 것이다. 그 관심과 응원이 내 여행에 큰 도움이 되고 있다.

돌이켜보니 꿈을 꾸며 간절한 기도를 한 적이 얼마나 있었나 싶다. 서른쯤이 되어서야 모든 걸 벗어던지고 떠날 용기를 가지게 되었고, 그때서야 내 꿈에 대한 고민과 도전을 할 수 있었다.

세상에 비치는 내 삶과 인생이 어느 누군가에게 위로와 치유가 된다는 것을 알게 된 후부터 더욱 열심히 진심을 다해 여행에서, 그리고

내 일상에서 소통을 하려고 노력하였다. 내 여행은 계속해서 나누어
져야 한다. 그 소통의 나눔이 언젠가 도전하는 젊음에게 도움이 되길
바라면서 나는 오늘도 SNS에 나의 여행을 클릭한다. 누군가는 나를
몽상가라고 말했다. 하지만 나는 꿈을 위해 실천하고 다시 꿈꾸는 여
행자일 뿐이다.

나는 두려워하고 걱정합니다.
여행을 끝내고 일상으로 돌아올 때를 두려워하고,
물질의 부족함이 삶을 억누를까 걱정하기도 하죠.
그럼에도 설렘과 기다림을 아는 사람이 되고 싶습니다.
두려움과 걱정은 실패를 낳지만,
기다림과 설렘은 성공을 만들기에 충분합니다.
인생에서 성공한 삶은 자신의 바람과 일치하는 삶이 아닐까요?
오늘도 여행을 떠납니다.

외로움도 나의 일상이다

그 '섬'에 그저 내 그림자 하나만을 남겨두고 떠날 수는 없었다. 그 속에서 만난 따뜻한 인연들과 열정적인 이야기들, 내가 흠모했던 그대의 모습, 그리고 해변을 거닐며 남긴 발자국들과 술에 취한 나 자신까지도 그 섬에 남겨두고 떠났다. 어쩌면 내 안의 쓸쓸함까지도 남겨두었을지 모르겠다. 그 흔적들 바람에 멀리 날아갔을지? 파도에 쓸려 먼 바다로 흘러갔을지? 알 수 없지만 내 흔적은 그 '섬'에 남겨두었다. 나는 그곳에 없지만, 흔적은 그 '섬' 어딘가에 남겨두고 온 것이다.

겨울비가 내리는 오늘도 난 길 위에 서 있다. 도로 위를 달리는 저 차들 사이로 빗물 위를 지나가는 소리가 들려온다. 그 소리를 들을 때마다 외롭다. 내가 지금 앉아 있는 트럭 안 작은 창 너머에는 어디로 가는지 알 수 없는 차들이 빗물을 머금은 새까만 도로 위를 힘차게 내달리고 있고, 겨울비 사이를 오가는 사람들의 발걸음이 분주하기만 하다. 나만 홀로 멈춰 서 있다.

지독한 외로움이다.
지독한 쓸쓸함이다.

하지만 혼자서 겪어야 했던 그 외로움과 쓸쓸함이 내게 꿈을 선물한 것 같다. 좀 더 정확히 말하면 그래서 내가 지금의 꿈을 꾸었는지도 모르겠다. 혼자가 되고 나니 비로소 보이는 것들이 생긴 것이다. 지금 이 여행도 내가 만난 당신도 내가 겪은 그 감정들로 인해 만날 수 있었다. 꿈꾸는 내가 외롭기도 하지만 꿈꿀 수 있는 너가 참 고맙고 너무나 행복하다.
하지만 이마저도 나의 일상이며 내가 그토록 원했던 간절한 하루임을 잊지 말자. 길 위에 선다는 건 지독한 외로움과의 싸움이다. 오늘도 난 겨울비가 전해주는 타성 젖은 외로움보다 이 비가 하얀 함박눈으로 변하기를 기다리며 내 안의 나에게 일상으로의 여행을 떠나자고 부추긴다. 커피 트럭을 타고 떠나는 삶 속 일상이 내게는 여행이다.

그곳에 '별에별꼴'이 있어 좋다

충남 금산에 가면 건천리라는 마을이 있는데, 그곳에는 시골에서 대안을 찾고자 하는 멋진 청춘여행자들이 폐교에서 살고 있다. 도시의 삶과 편안함을 뒤로하고 시골에서의 재미난 한판을 준비하고 벌이는 곳, '별에별꼴'에 가면 시골과 환경을 생각하며 소소한 일상을 살아가는 그녀들을 만날 수 있다.

처음 그녀들을 만났던 곳은 내 고향에서 열린 마을축제 때로 잠시 스친 것이 전부였다. 나는 커피를 팔고 있었고 그들은 자원봉사자였는데, 그 후 그녀들의 멋지고 용기 있는 시골도전기에 관심을 가지고 멀리서나마 응원했다. 여행에서 집으로 돌아온 어느 겨울밤 그녀들을 찾았다. 밝은 보름달이 코앞에 보이는 산골에서의 만남이었다. 만나고 싶었던 청춘들의 삶은 어떨까 궁금했다. 그녀들을 이곳으로 오게 한 것은 무엇이었을까? 따뜻한 사람이 있는 곳, 그 달빛 아래 하룻밤을 묵으며 그냥 지켜보았다. 그저 바라보았을 뿐인데, 도시와 시골 그 경계에 선 청년들과의 하룻밤은 짜릿했다. 따뜻한 세상을 살아가기 위한 대안을 생각하고 토론하는 젊은 여행자들의 모습을 바라보며 많이 배운 밤이었다.

이곳은 '보파'와 '효식'이가 야심차게 문을 연 아름다운 보금자리다. 많은 청춘들이 이곳에 들러 캠프를 하기도 하고, 환경과 좀 더 가치 있는 세상을 꿈꾸기도 한다. 지금은 폐교가 된 이곳에 그녀들은 숨을 불어넣고 생명을 키워내는 중이다. '별에별꼴' 친구들은 직접 텃밭을 만들어 채소를 가꾸고, 모내기를 해서 논농사도 짓고 있었다. 시골의 삶은 불편함을 동반하지만 즐거운 불편함을 만나는 일은 우리의 삶에 매우 중요하다. 아마 '별에별꼴'에서 만난 그녀들이야말로 즐거운 불편함을 안고 사는 중일 거라는 생각이 들었다.

아직 어린 백구 한 마리가 문 앞을 지키고 있다. 이 녀석의 이름은 '곰'인데, 욕심 없이 순박해 보인다. 이곳에 있는 사람이건 동물이건 모두 그렇게 보였다. 하루에 버스 세 대만이 유일한 교통수단인 마을에서 폐교를 정성들여 꾸미고 시골살이에 도전한 용기가 너무나 부러웠다. 사람들은 저마다 많은 물질을 벌기 위해 세상을 살아가곤 한다. 돈 욕심 없는 사람이 어디 있겠는가마는 가진 것을 나누며 이만큼이면 된다는 마음의 여유가 느껴져서 좋았다. 그리고 그곳에 '별에별꼴'이 있어 나는 더욱 좋았다.

유난히 잠이 오지 않던 밤은 이제 새벽을 지나고 아침이 되었다.

비는 여전히 추적추적 내리고 있었다.

저 하늘에서 내리는 것은 비뿐일까?

누군가의 마음에도 '비'가 내리거든

다 씻겨 내려가길 바라본다.

슬픔도 아픔도 상처까지도 모두 다 저 빗물에 말이다.

어디에도 비는 온다.

내 맘에 내리거나 길 위에 흩뿌려지기도 하며 말이다.

내리는 빗물에 모든 상처가 씻기길 기도한다.

비는 온다. 그 어디에나……

누군가의 아련한 아픔을 치유하기 위한 하늘의 선물처럼 말이다.

있는 그대로를 받아들이며 살아가는 산골 부부

어느 날 친구의 부탁으로 커피트럭 공간이를 몰고 좋은 사람들을 만나러 간 적이 있다. 그곳에서 만난 젊은 부부의 이야기다. 하얼과 페달이라는 이 부부는 인적이 드문 산골에 누군가가 살다 버린 집에서 생활하고 있었다. 남편 하얼은 나와 동갑내기였고 아내인 페달은 몇 살 어린 친구였는데, 두 사람 모두 서울에서 태어나 자란 서울깍쟁이들이었다.

그들은 2년 전부터 전남 장흥에 내려와 자연과 벗이 되어 살아가고 있었다. 그날 하얼은 지구가 병들어가고 있다고 말했다. 너무나 많은 자연을 훼손하고 천연자원을 고갈시키며 살아가는데, 결국은 우리가 입고 있는 옷도 석유를 기반으로 만들어진 섬유여서 피부에 안 좋은 영향을 끼치고 있다고도 했다. 더욱이 우리는 석유가 유한한 자원이라는 것을 잊고 지낸다. 먹는 것도 그렇다. 우리 식탁에 올라오는 너무 많은 음식들이 유전자변형을 통해 만들어지고 있다는 것도 우리는 생각하지 않는다.

그들은 전기가 없이 살아가고 있다. 해가 떠 있을 때는 일을 하고 해가 지면 휴식을 취한다. 자연의 섭리를 거스르지 않고 있는 그대로를 받아들이며 살아가는 것이다. 지금 우리에게는 너무 먼 나라의 이야기 같은, 나에게도 너무나 동떨어진 삶의 이야기였다. 요즘 전기 없이 사는 세상을 상상이나 할 수 있을까. 스마트폰으로 사진을 찍고 여행을 기록하는 나 같은 사람은 도저히 그 삶을 그려볼 수가 없다. 지금의 내 여행과의 만남 역시 전기가 없이는 불가능했을 것이다. 그러나 너무나도 먼 이야기이지만 한편으로는 우리가 지향해야 하는 삶의 모습이기도 하다.

우리 몸이 병드는 또 하나의 이유는 우리가 섭취하는 음식에 있다고 한다. 하얼과 페달은 숲속에서 채집한 나물 등 야생에서 얻을 수 있는 먹거리와 손수 농사를 지은 곡식으로 밥을 짓고 밭작물을 길러 먹는다고 한다. 그들은 자연에서 얻은 재료들로 젓가락을 만들기도 하고, 산에서 나무를 해와 아궁이에 불을 지펴 난방을 해결한다.

적당한 노동과 적당한 휴식을 동반하는 그들의 삶에 나는 박수를 보내고 싶다. 내가 가지 못하고 선택하지 못한 삶이지만 그들의 생각과 가치를 응원한다. 하루아침에 그들의 삶과 같이할 수는 없지만 그들의 삶을 동경하며 때로는 닮아가려고 노력하는 청춘이고 싶다.

지친 나에게, 밥 먹는 시간만 빼고 일주일 동안 잠을 잔 적이 있다며 내게도 그런 쉼을 줘보라고 하얼이 말했다. 30년 넘게 자신의 몸에 제대로 된 '쉼'을 선물해본 적이 없었던 게 미안해 그렇게 잠을 잤다고 한다. 생각해보니 정말 내게 온전한 '쉼'을 선물해본 적이 없었다. 이젠 나도 그렇게 잠을 자볼까 한다.

우리 다 같이 숨죽여 몸을 누이고 스스로의 지친 몸을 위로해볼까요? 우리가 하는 행동이 우리를 바꾸기도 한다고 하잖아요.

착한 척도 자꾸 하다보면 착해진다는 공병호 박사의 말처럼 우리의 삶에 가치 있는 행동을 시작해봤으면 한다.

햇살이 유난히도 아름다워
내 마음 속에 머금던 그날,
푸른 하늘 위 떠다니는 구름을
내 눈에 머금던 그날,
바다 가까이에 앉아 짠 내음을
코로 머금던 그날,

그날 난 혼자 떠난 여행 속에서
혼자임이 사무치도록 아름다웠다.

나 혼자만 마주하는 햇살,
나 혼자만 마주하는 하늘,
나 혼자만 마주하는 바다,

나 혼자만 가질 수 있던 그 욕심 때문에
행복했던 그날이었다.

자유는 바로 나로부터 시작된다

"물론 마음의 자유를 천만금에는 아니 팔 것이다. 그러나 용돈과 얼마의 책값과 생활비를 벌기 위하여 마음의 자유를 잃을까 불안해 할 때가 있다."

_피천득 시인의 《인연》 중에서

지금 내 마음을 대변하는 거 같았다. 이 글을 계속해서 되뇌고 있는 중이다. 나도 마음의 자유를 잃을까 걱정하고 고민하는 날이 많아지며 그 생각이 들 때마다 두렵고 마음이 아팠기 때문이다. 하지만 마음의 자유를 포기하고 싶지 않았다. 포기하려고 하지도 않았다. 물론 생활비가 없는데 마음의 자유를 편히 누릴 수 있을까 생각하기도 한다. 당장 필요한 무언가를 위해서 잠시 마음의 자유를 내려놓는 것도 나쁘지 않을 것이다. 어쩌면 자유를 너무 찾으려 하는 것도 그것에 나를 구속시키는 것일 수도 있다. 언젠가 나도 삶의 여유와 현실적인 이유들로 인해 물질을 좇을 수도 있을 것이다. 세상은 나 혼자만 사는 곳이 아니니까 말이다. 또 다른 방식의 자유를 속박하는 것, 어쩌면 우리는 자유와 현실의 중간에서 늘 고민하고 걱정하고 있다. 하지만 내 마음의 자유는 내 꿈과 같은 것이다. 그 꿈을 위해 달려가는 과정에서 누구나 겪어야 할 아름다운 시련을 조금은 냉철하고 달콤하게 받아들이고 싶다.

누구나 자유를 원하며, 한번쯤 떠나기를 갈망한다. 지친 일상의 반복 속에서 떠날 수만 있으면 좋겠다고, 좀 더 자유로운 내가 되고 싶다며 말이다. 그러한 욕구에서 비롯된 여행이 아니었을까 싶기도 하다. 나 또한 그렇게 시작했다. 무언가에 쫓기듯 떠난 여행이었고, 나를 둘러싼 일상이 나를 조이는 것만 같았다. 그것은 나로 하여금 일상에서 벗어나 여행을 떠나게 하였고, 그럴 때마다 나는 자유를 느꼈다고 생각했다. 허나 어느 순간 자유롭기 위해서만 여행을 쫓는 나를 보았고, 오직 떠나기 위해서만 행동하는 내 마음을 들여다보았다. 너무나 한쪽으로 치우친 떠남과 자유라니 가슴이 턱 막히는 순간이었다. 내가 원하던 그 '자유'에 대한 열망과 간절함이 또다시 나를 속박하려 든다면, 그것 또한 또 다른 구속이 아닌가 하는 생각이 든 후, 마음의 자유는 나로부터 시작된다는 것을 알게 되었다.

냉이된장국에 비친 어머니의 얼굴

무슨 바람이 불어서일까요. 오늘은 일찍이 집에 돌아와 어린 시절 어머니 아버지 쫓아서 뛰놀던 집 앞 들녘으로 나갔습니다. 봄날에 제맛인 냉이를 캐볼 욕심에요.

시골 살아도 여태껏 냉이를 캐본 적이 없었습니다. 그래도 촌놈이라고 냉이가 어떻게 생겼는지 정도는 아는 모양입니다. 욕심내지 않고 한주먹 정도만 캐왔습니다. 냉이는 깨끗하게 씻어서 미리 끓여놓았던 청국장 속에 넣었습니다. 그 맛이 어찌나 일품인지요. 향긋한 냉이 내음이 입안 가득합니다.
그 시절 냉이 캐다 된장국을 끓여주던 어머니는 안 계시지만, 오늘은 왠지 모를 끌림 때문에 이렇게 저녁을 차려 먹어봅니다.

내가 살아가는 이유였던 당신이 떠난 이후 나는 열심히 살아가고 있습니다. 내가 오늘을 사는 이유도 당신 때문입니다.

사람 냄새가 풍기는 카페 프롬나드

부산 여행이 좋다. 도시는 내게 어울리지 않는 화려함이 있는 곳이다. 너무나 분주해서 주위를 돌아볼 여유를 찾기 힘든 곳이다. 시골의 고즈넉함이 내게는 더욱 어울리고, 빌딩 사이를 지나는 일보다 숲을 거니는 것이 더욱 좋다. 하지만 부산은 화려함보다는 사람 사는 세상의 냄새가 더욱 진하게 풍겨져 좋다. 그곳에서 만났던 작은 카페가 나는 좋다.

부산 서면에 가면 수많은 카페들이 있다. 카페여행을 좋아하는 나로서는 너무나 즐겁고 행복한 일이다. 하지만 대부분이 비슷비슷하게 예쁜 모습들을 하고 있다. 이제는 체인점도 너무 많이 생겨서 넓고 많은 테이블을 제공하는 대신 가격은 비싸지고 사람들의 소음 안에 갇혀 커피를 마셔야 한다. 떠들고 웃고 하는 와중에 커피를 마시는 것이다. 그래서인지 서면을 걷다 골목길 모퉁이에서 만난 '카페 프롬나드(Promenade)'는 너무나도 좋은 곳으로 기억된다.

카페 프롬나드는 부산 서면에서 그리 멀지 않은 전포성당 옆 모퉁이

에 위치하고 있다. 건국청년이 좋아하는 작고 아담한 공간 안에 손수 꾸민 인테리어와 작은 빈티지 소품들까지, 겉치장에 요란한 여느 카페들과는 달리 골목 풍경에도 전혀 반하지 않는 어울림이 있는 곳이다.

홀로여행자의 특권인 창가 테이블에 앉아 따뜻한 아메리카노를 음미했다. 로스팅도 직접 하는 것처럼 보였는데, 그래서였는지는 모르나 커피맛도 훌륭했다. 입구 쪽 위에는 작은 다락도 있어서 연인들에게도 좋은 공간일 듯하다. 작고 아담하지만 그 어떤 공간보다 훌륭하게 느껴진 카페이다. 꼭 한번 가보라고 추천하고 싶은 곳이다.

 /Cafe in/ 카페 프롬나드

주소: 부산시 부산진구 전포1동 687-20
전화: 051. 816. 3097

떠남은 또 다른 나를 마주하게 한다

언제나 떠남은 또 다른 나를 마주하게 했다.

내 안에 향기 나는 삶이 있음에도 간절히 원하지도, 찾으려 하지도 않은 나를 마주해본 적 있는가.

내가 없는 그곳에서 또 다른 나를 마주하는 특별함을 위해 여행을 떠날 수 있었으면 좋겠다. 떠나는 그 시점이 가장 눈물겨우면서도 떨릴 테지만 지나고 보면 별거 아니었다는 거 알 수 있을 것이다. 적어도 내게 여행을 떠나는 것은 언제나 옳은 선택이었다.

부산 보수동 헌책방 골목에 들러 책 한 권을 샀습니다. 빛바랜 책의 겉표지가 너무나 마음에 들어 얼른 샀던 기억이 납니다. 1946년에 스웨덴에서 태어나 환경운동가로 널리 알려진 헬레나 노르베지 호지(Helena Norberg-Hodge)가 지은 《오래된 미래》라는 책이었습니다. 그 책의 한 귀퉁이에 적혀 있던 달라이 라마의 말이 생각납니다.

"달라이 라마는

그의 진정한 종교는 친절이라고 말했습니다.

우리의 기도를 보십시오.

항상 다른 이들에 대한 염려를 강조하고 있습니다."

세상이 흉흉해서인지 다른 사람에 대하여 많이 배타적인 거 같습니다. 잘 알지 못하는 누군가에게 친절을 베풀다가 뒤통수 맞지나 않을까 먼저 걱정하곤 하죠.
하지만 지금의 내 여행이 가능했던 것은 친절에서 기인했는지도 모르겠습니다. 내가 베푼 친절도 있지만 상대방이 허락한 친절도 있지요. 여행은 서로에게 마음을 열고 친절을 베풀 때 각자에서 둘이 될 수 있다고 생각합니다. 그 둘은 다시 셋이 되고, 넷이 되어서 우리가 되는 것이지요. 마음을 열어 서로를 바라보기 원해요. 우리의 눈에 보이는 것이 다 진실은 아닐 거예요. 여행을 하다 보면 알 거예요. 나쁜 사람보다는 친절한 사람이 더 많다는 걸요.

주머니가 없는 옷을 입는 연습

세상의 수많은 사람들이 자신의 꿈과 미래를 위해 도전하며 살아간다. 때로는 자신의 바람과 꿈을 위해 작은 노트를 펼쳐 미래를 적어보기도 하고 좋아하는 것들을 메모하며, 흔히 버킷리스트(bucket list)라고 말하는 것들을 적기도 하며 말이다.

이 버킷리스트에는 잘 알려지지 않은 뜻이 있다. 버킷리스트란 사람이 죽기 전에 꼭 해보고 싶은 일과 보고 싶은 것들을 적은 목록을 가리키는데, '죽다'라는 뜻의 속어인 '킥 더 버킷(kick the bucket)'으로부터 만들어진 말로 중세시대의 사형제도에서 유래한 것이다. 중세에는 교수형을 집행하거나 자살을 할 때 올가미를 목에 두른 뒤 뒤집어놓은 양동이(bucket)에 올라 양동이를 걷어참으로써 목을 맸는데, 이로부터 '킥 더 버킷'이라는 말이 유래했다는 것이다.

커피.

사진.

여행.

　사람.

그리고 어디엔가 글과 그림을 끄적여 보는 것. 이 몇 가지가 요즘 내가 가장 좋아하고 즐겨하는 것들이다. 더 적으려고 해도 고작 네댓 가지 정도 적고 나면 이걸로 충분한 거 같다. 여기에 사랑 하나 곁들여주면 더욱 좋고 말이다.

세상의 수많은 사람들은 이 버킷리스트에 열 가지 또는 백 가지를 적어보라고 말한다. 죽기 전에 하고 싶은 것. 당장 죽음 앞에 서야 했던 사형수 같은 마음을 가지고 진심으로 원하는 버킷리스트를 써보는 일. 그 리스트가 열 가지 또는 백 가지, 더러는 그 이상이라고 말하는 당신과 우리의 삶을 보며 욕심쟁이처럼 살아온 나를 돌아보게 되었다. 물론 좋아하고 꿈꾸는 것을 적어보는 일은 매우 중요하고 좋은 작업이다. 다만 우리의 욕심이 애써 그것들을 꾸며내는 것은 아닌지 조심스럽게 염려해볼 뿐이다.

그저 꼭 원하던 소중한 한 가지 꿈이라면 그런 바람이라면 충분하지 않을까? 열 가지 백 가지 너무 많은 욕심을 내지 말았으면 좋겠다. 아니면 죽음 앞에서 마주해야 할 버킷리스트가 아니라 진심으로 당신이 좋아하는 것들이라고 생각해보는 건 어떨까? 우리 삶에 영원히 제공되는 유한한 것들은 없다. 어쩌면 우리가 적어놓은 그 리스트대로 살지 못할 수도 있다. 허나 그것 또한 우리 인생인 것을 잊지 말고, 이 모든 것이 우리 인생에 걸친 꿈이고 바람인 것을 잊지 말아야 한다. 하나하나 만들고 부서지고 다시 이루고 그렇게 켜켜이 쌓여가는 우리의 꿈이었으면 좋겠다. 삶 전체에 있어서 자신의 버킷리스트를 가져본다면 우리 인생은 더욱 풍부해질 수 있을 것이다.

어느 봄날 담양의 하심당(下心堂)이라는 오래된 한옥에서 하루를 머문 적이 있다. 술에 취해 느지막하게 귀가한 주인집 아저씨가 말을 건넸다. 자신에게 질문을 하라며 그 질문을 제시하던 괴짜아저씨. 웃음을 머금고 아저씨가 내준 질문을 다시 아저씨에게 되물었다.
"아저씨는 무엇 때문에 지금의 인생을 살고 계시나요?"
"나? 난 행복하려고 살아!"
그리고 두번째 질문을 말하면서 다시 물으라 했다.
"어떻게 하면 우리는 행복할 수 있나요?"
"모든 것은 만족함에 행복이 있어. 조금에 만족할 줄 알고 지금에 만족할 줄 아는 삶, 그것이 내가 행복하게 살 수 있는 비결이지."
그때부터였다. 나도 만족하는 법을 알아가려고 노력하고 연습하는 중이다.

사람이 입는 옷에는 어김없이 주머니가 있다. 그 주머니 속으로 먹을 것을 넣기도 하고, 돈을 구겨넣기도 한다. 우리의 욕심을 주머니에 담고 있는 것이다. 오래된 한옥에서 그 괴짜아저씨를 만난 이후 나는 주머니가 없는 옷을 입는 연습 중이다. 지금에 만족하고 조금으로 살 수 있는 방법을 위해 노력하는 중이다.

그 만족함으로 얻은 '여지(餘地)'가 좋다. 조금으로 만족할 줄 알게 되면서 앞으로 채워질 여지가 많아졌다. 그렇게 해서 얻은 여지를 통해 나는 앞으로 채워나갈 희망의 삶을 생각하고, 조금씩 더 만족하며 행복해지는 법을 알아가고 있다.

만족하는 것에 '행복'이 있다. 욕심낼 것에 욕심을 내되 다 가지려는 것이 아니라 채워지는 기쁨을 통해 남겨놓자는 것이다.

웃는 당신이 있는 카페 바나나트리

서울 이태원에 가면 만날 수 있는 유명한 디저트카페가 바로 '바나나 트리(Banana Tree)'이다. 실내는 좁고 긴 형태의 공간인데 제법 많은 테이블이 놓여 있고, 다양한 디저트 메뉴와 음료를 팔고 있다.

바나나카페를 대표하는 메뉴는 다름 아닌 '화분팝'으로, 화분 모양 그릇에 담긴 디저트가 매우 인상적이다. 달콤하고 부드러운 티라미 수를 먹는 듯한 그 느낌을 맛보기 위해 한번 들러보는 것도 좋을 듯 하다. 삽 모양 스푼으로 눈으로 먹고 입으로 즐기는 일석이조 효과를 얻을 수 있다.

한번은 친구와 함께 라즈베리 맛과 바나나 맛을 먹어봤는데, 카페 사이드메뉴 중 가장 색다르면서 맛도 좋아 적극 추천하는 메뉴다. 카페 바나나트리의 또 하나의 자랑거리는 모히토이다. 알코올을 섞지 않

은 무알코올 모히토는 숲속에 들어와 마시는 듯한 상큼함과 달콤함이 있었다. 더운 여름날 마시면 정말 제대로인 음료다.

한쪽에는 아트샵이 있는데, 잘 만들어진 인테리어와 앙증맞은 소품과 테이블들이 사람들을 기다리는 곳이기도 했다. 잠시의 서울 여행 중에 만난 경쾌한 카페 바나나트리, 오래오래 기억에 남을 것 같다. 그곳을 지키는 사장님의 웃는 얼굴, 웃는 마음, 웃는 생각, 웃는 우리, 웃는 당신 때문에 더욱 좋아하게 된 카페 바나나트리였다.

 /Cafe in/ 바나나트리(BANANA TREE)

주소: 서울시 용산구 한남동 739-5(한강진역 1번 출구 5분 거리)
전화: 02. 792. 6050
블로그: http://blog.naver.com/banana_526

우리의 만남은 우연이 아닌 필연이다

하루를 살면서 수많은 인연들을 만난다. 2년 가까운 여행 동안 셀 수 없이 많은 사람들을 만나며 여행의 참된 의미인 당신을 만나고 있다. 믿지 않을지 모르지만, 나는 '우연(偶然)'이 아닌 '필연(必然)'을 믿는다. 그저 자그마한 분홍색 커피트럭 '공간이'에 걸음을 내딛는 모든 걸음이 신(神)이 내게 보내주신 인연이라고 생각하며 그렇게 맞이한다. 그래서 나는 신의 '필연' 속에서 당신을 만나는 중이다.

그것은 참으로 이상한 일. 일상적인 삶을 살고 있던 한 청춘이 커피를 내리고 여행을 떠났다. 그저 당신과의 소중한 인연과 만남이 좋고 소중해서. 그런데 이 작은 길 위의 카페에는 열일곱의 낭만 도는 낭만소녀부터 백발의 노신사까지 나의 삶과 이야기를 찾아 여행을 떠나온다.

그래서 나는 당신과의 만남을 늘 기다린다. 당신과의 이 하루가 여행이 될 수밖에 없는 진짜 이유다.

지금 당신과 나는 만나야 했고, 나는 당신을 당신은 나를 만나야 했다. 그날 우리가 만난 것은 우연이 아니라 꼭 만나야 했던 필연이었던 것이다. 그렇게 사람을 만나보고 그렇게 세상을 이해해보라. 상상도 하지 못했던 아름다운 인연과 여행을 하는 당신을 만날 수 있을 것이다.

좋은 사람은 실수와 모자람을 드러낼 줄 알고 그것을 인정하는 사람입니다. "부러우면 지는 것이다."라고 말하지만 부러워할 줄 아는 모습이 진짜이고 진심이죠. 억지로 부러움을 감추려는 수고를 하지 않았으면 합니다. 진실한 마음의 중심에 충실해야만 합니다. 변하지 않는 단 하나는 진심과 착한 생각입니다. 거짓 아닌 진실에 기인하여 살아가면 좋겠습니다. 어찌 보면 보잘것없는 내 일상이지만 진심과 착한 생각들 덕분에 우리의 마음이 통하는 건 아닐까요? 좋은 사람은 좋은 사람을 만납니다. 그게 내가 여행을 통해 알게 된 진실입니다.

당신은 좋은 사람인가요?

오늘을 살게 한 생각선물

시집을 선물 받았다. 책 선물은 정말 많이 받아봤지만 거의 에세이나 소설, 자기계발서 등이었다. 그래서 이번에 받은 선물은 의미가 깊다. 난생 처음 시집을 선물로 받았기 때문이다. 그것도 시집을 쓴 작가로부터 받았다. 시집《외로울 때는 귀가 더 밝아진다》김해민 작가님의 선물이었다. 오랜 시간 페이스북을 통해 사진과 글로 내 여행을 보시고 고맙다며 보낸 선물이다. 나중에 만나서 들은 이야기지만 좋은 사진과 글을 아무런 대가 없이 보는 것이 불편하다면서 시집을 보낸 거였다.

그렇게 마주한 시인의 시집을 넘겨본다. 첫 장을 넘기고 만나는 가마솥과 고구마밭, 군불 때는 모습이 너무나 정겹다. 그것은 나의 어린 시절 모습이기도 했다. 초등학교 1학년 때까지 초가지붕 아래 살았던 부모님과 나, 집에서 기르던 고양이까지 이 시집의 소재들은 나의 어린 시절과 맞닿아 있다. 문득 살아생전에 부모님께 한 번도 '사랑한다! 감사하다!' 는 그 흔한 인사를 해드린 적이 없었던 것만 같아 마음 한편이 아려온다.

사람들은 이제 서른을 갓 넘은 나에게 외로움이나 슬픔은 없을 것 같다고 한다. 너무나 쉽게 내 안부와 일상의 여행을 이야기하고 매체를 통해 마주한 나의 모습을 그냥 환영처럼 믿고 또는 희망과 동경의 대상처럼 여기는 것 같기도 하다. 누군가의 희망과 꿈이 된다는 것은 너무나도 행복한 일이지만, 나는 그저 조금 다른 길을 가는 평범한 친구일 뿐이다. 하지만 늘 혼자 겪어야 했던 외로움이 지금의 나를 만들었다. 그리고 지금도 나는 외롭다.

《지금 외롭다면 잘되고 있는 것이다》라는 책을 본 적이 있다. 그 책에서 말하기를 우리 삶에는 절대 피할 수 없는 것 세 가지가 있는데, 그것은 죽음, 세금, 그리고 그리움이라고 한다.

"외로움은 평생을 함께하는 그림자이자 '또 다른 나'이다. 외로움은 두 갈래 길로 나뉜다. 하나는 론리니스(Loneliness)이고 다른 하나는 솔리튜드(Solitude)이다. 혼자 있는 고통을 표현하는 말은 Loneliness이고, 혼자 있는 즐거움을 표현하는 말은 Solitude이다. 관계로부터 격리된 부정적 혼자됨은 Loneliness이고, 스스로 선택해 나다움을 찾는 긍정적인 혼자됨은 Solitude이다. Loneliness는 외로움이고, Solitude는 고독이다. 어느 길을 걷느냐에 따라 전혀 다른 세상을 만날 수 있다. 솔리튜드는 쉽게 얻어지는 것이 아니다. 솔리튜드는 외로움을 통과해야만 도달할 수 있다. 따라서 외로움을 마주하고, 그 속으로 들어가는 것으로부터 Solitude에 이르는 길이 시작된다. 인생은 엄밀하게 보면 혼자 가는 것이다. 외로움은 그래서 모든 태어난 자의 숙명이다. 다만 차이가 있다면 삶의 순간들을 어떤 것으로 채울 것인가 하는 각자의 선택뿐이다."

_ 한상복, 《지금 외롭다면 잘되고 있는 것이다》 중에서

모두들 솔리튜드적 삶을 원하지만, 그 길을 가기 위해서는 외로움을 통과해야 한다는 사실을 잊고 있다. 돌이켜보니 그렇다면 난 아직 그 길 위에 서 있다. 그 외로움을 즐기는 내 삶을 나는 응원한다.

시집 한 권을 선물 받고 많은 생각을 해보는 오늘이었다. 한 편의

'시'덕분에 오늘 오래된 추억 속의 생각을 선물로 받았다. '생각선물'은 값진 오늘을 살게 한다.

세상은 좀 더 때묻은 삶이기를 바라는 듯하다.

험난한 세상 살아가려면 강하고 담대해져야 한다며 말이다.

하지만 난 순수함을 더욱 원한다.

때로는 순박하고 조심스러운 몸짓에 더욱 끌린다.

그럴 때마다 순수한 것은 미련한 짓이라는

그게 그렇게 좋은 것만은 아니라는

세상 사람들의 한마디 한마디가 들려온다.

하지만 나는 순수해져야만

내가 좀 더 누릴 수 있는 게 많을 거라 생각하며 산다.

순수함에서 나오는 나의 감성과

그 삶에서 묻어나오는 이야기들은

결코 누구도 흉내낼 수 없는 것이라고 생각하기 때문이다.

그 감성이 지금의 나를 있게 했다.

누구나 여행을 떠나고 풍경을 마주한다.

하지만 이곳에서의 시간은 나만이 간직한 시간이다.

생각의 유통기한

노트나 다이어리에 기록하는 것을 좋아하던 때가 있었다. 물론 지금도 기록을 남기기는 한다. 그런데 지금은 대부분의 젊은이들이 그렇듯 매일의 순간과 기억을 페이스북이라는 SNS 공간에 기록한다. 그것이 그냥 평범한 것일지라도 그 생각과 기억의 순간이 누군가와 공유되기를 바라고, 내가 만난 따뜻한 여행이 나눠지기를 원해서이기도 하다. 그 따뜻한 순간의 얘기들이 더 많은 사람들에게 나누어지고 소통되면 생각의 유통기한이 좀 더 길어질 수 있을 것이라며 말이다.

내가 만난 당신
내가 만난 오늘
내가 만난 여행
내가 만난 생각

이 모든 것이 나만 알고 있을 때는 나에게서 끝나고 말지만 여러 사람과 나누면 좀 더 오래 간직되고 좀 더 멀리 전해질 수 있을 것이다. 그리고 그런 나눔이 언젠가는 세상을 바꿀 수도 있지 않을까. 나는 나라는 사람이 세상을 바꿀 수 없겠지만, 나의 여행은 세상을 바꿀 수 있을 것이라고 생각한다. 나를 바꾸고 너를 바꾸며 언젠가는 세상을 바꾸는 여행을 내 마음속에 늘 그려본다.

힐링이 필요한 오늘

몸도 마음도 많이 지쳐 있다는 걸 알았다. 일상에서 만난 많은 인연들과 지난 1년 넘는 시간 동안 이야기를 나누면서 내게도 그들에게도 따뜻하고 고마운 일이었음에는 분명하지만 생각지 못했던 것이 있었다. 나 자신이 스스로에게 무관심하고 홀대하고 있었다는 것을 한 여행자를 통하여 알게 된 것이다. 여행길에 만난 술 취한 어르신이 나와 대화를 하면서 내 눈을 바라보며 연거푸 잠이 온다고 했다. 내 육신이 피곤한 상태로 대화하고 있으니 자신이 잠이 온다는 것이었다. 그때 알았다. 내가 참 많이 지쳐 있다는 것을 말이다. 스스로에게 온전하지 못했던 나를 돌아보기로 한 오늘이 되었고, 이마저도 '여행'이 준 선물이라며 내게 '쉼'을 주기로 했다.

대나무밭을 지나 숲으로 들어가는 아침 산책은 몽환적이기까지 했다. 숲을 거닌다는 것은 화려하지는 않지만 맑은 녹색 위를 걷는 것과 같다. 여름이 코앞에 다가오는 날 전남 보성강가 솔밭 아래 커피트럭과 머물며 한 권의 책과 노트에 여행을 기록하는 오늘이 참 좋다. 살면서 우리는 우리의 몸에게 온전한 쉼을 허락한 적이 얼마나 있을까? 나는 오늘 하루 종일 잠을 자기도 하고 책을 읽다 덮기도 하고 커피를 내려 마셔가며 이곳에서의 시간을 즐기려고 한다. 사람을 여행한다는 것은 한편으로 몸과 마음을 많이 피로하게 했다. 나에게도 또 다른 힐링이 필요한 오늘이다.

왜 사람들은 자꾸 힐링! 힐링!을 외치는 걸까? 자신의 삶이 그리도 못마땅한 건가? 가난하지도 않고 혼자이지도 않으면서, 그렇다고 못나지도 않고 그토록 대단한 스펙을 자랑하면서 오늘도 힐링을 외치는 사람들이 주변에는 참 많다. 여행을 통해 힐링을 얻고 일상으로 돌아가서는 다시 힐링을 외치는 악순환. 그럼 여행에서 만난 힐링이란 그저 잠깐의 오락 같은 것에 지나지 않는 것이지 않은가? 어쩌면 남들이 말하는 힐링이라는 대세에 그저 똑같이 휩쓸려가며 자신의 자아가 무너진 세대들이 지금의 시대를 살아가는 것일 수도 있다.

이런 건 어떨까? 가정을 화목하게 만들고 친구 사이를 두텁게 다지고 직장을 더욱 따뜻하게 만들면 그 어디나 치유의 장소가 될 수 있지 않을까? 진정한 삶의 치유는 우리의 일상에서 만들어져야 한다고 생각한다. 그러나 지금의 일상에 너무 지쳐 있어 원래 일상의 고마움을 느끼지 못할 수도 있으니 일상에서 좀 떨어져봐야 고마움과 소중함이 보일 수도 있다. 어디서든 감사할 수 있다면 힐링은 꼭 어디론가 떠나야만 만날 수 있는 치유의 감정은 아닐 것이다.

소리가 있는 설아다원 사람들

꽃 같은 하루가 있었다. 좋은 사람을 만나는 일은 꽃과 같은 하루가
되게 한다. 나 자신이 꽃 같은 삶이기에는 부족하지만 꽃밭에서 놀다
보니 나도 꽃이 된다. 이른 새벽에 일어나 마주한 촉촉하게 젖은 녹
차밭의 모습은 참 고요했다. 허나 곧 아침을 알리는 소리들로 분주해
지고 있었다. 알람이 따로 없이 밤새 조용하던 산기슭 여기저기에서
산새들이 지저귀기 시작했다. 들고양이들도 한 가족이 되어 살아가
는 따뜻한 곳에서 하루를 머물 수 있다는 것이 참으로 정겹고 고마웠
다. 이곳은 '설아다원'으로, 차밭 높은 기슭을 올려다보면 해남 두륜
산이 아름답게 펼쳐지는 곳에 위치한 우프 농가이다. 으프(WWOOF)
란 Willing Workers On Organic Farms의 약자로 하루의 일정한 시
간을 일하고 그 대신 숙식을 제공하는 것을 말한다. 이곳에서 며칠
머물면서 만난 소중한 인연들이 있다. 처음 찾았을 때 우프 농가는
너무나도 생소한 곳이었다. 하지만 마음씨 좋은 주인 부부 지원님과
소리님, 다원에 머무는 멋진 청춘들을 만나고 나서는 소중한 여행으

로 기억되는 곳이다.

설아다원의 안주인 소리님은 판소리를 한다. 소리가 있는 이곳에서, 그리고 달빛 아래에서의 하룻밤은 오늘이 행복하다는 것을 일깨워주는 값진 하루가 되게 했다.

술 한 잔,
소리 한 잔,
그 한 잔 한 잔을 담고 노래하는 곳,
이곳 설아다원에 오면 노래가 참 맛있습니다.

이곳에서 낮에는 좋은 사람들과 일하고 술 한 잔, 녹차 한 모금에 내 커피를 나누며 소리 한 자락을 붙들며 며칠을 보냈다. 밤이 되면 하늘의 수많은 별을 구경하느라 하루가 짧게만 느껴졌다. 바람이 불면 움직이고 바람이 멈추면 따라서 멈춰서는, 거짓 없는 삶을 사는 녹나무처럼 살아가는 사람들을 지켜보며 나도 그렇게 살고 싶어졌던 곳에 머물고 있었다. 판소리와 녹차의 그윽한 향기가 영원할 것 같은 곳에서 하룻밤은 너무나 감사한 시간이다. 나는 녹차밭 한가운데 한 평 반 남짓한 돌집으로 만든 시(詩)방에서 혼자 머물렀다. 밖에는 녹차밭과 녹나무 사이를 가르는 바람소리가 들리고 깊은 밤 은하수 별빛을 마주하는 곳이었다. 꿀같이 달콤한 여행을 꿈꾸며 잠이 들곤 했다. 청춘의 때를 만끽하며 사는 중이었다. 다원에 앉아 판소리를 듣고 밭일도 같이하고 때론 잡일을 거들기도 하고, 녹차향 가득한 설아다원의 '달아실' 안에서 핸드드립커피를 내려 다원에 찾아온 손님들

에게 대접하기도 하며 말이다. 차 한 모금도 그냥 마시는 법이 없는 소리님의 아름다운 여행을 오늘도 나는 마주한다. 악기는 다룰지 모르지만 흥에 겨워 두드려보기도 하고 소리도 내어본다.

남도지방에서 부르는 잡가(雜歌) 중에 '육자배기'라는 창이 있다. 소리님의 말을 빌리면 육자배기에는 '구나'라는 말이 많이 들어간다고 한다. 그랬'구나', 그 사람은 그렇'구나'. 상대와 내가 다름을 인정하는 모습이 육자배기에 담겨져 있었던 것이다. 타인을 통해 받은 상처로 너무나 아팠던 지난날을 떠올려보며 저 사람은 저렇구나, 나와 다름을 인정하면서 나도 모르게 상처를 치유하고 있었다.

이곳에는 우프 활동을 하며 머무는 다양한 청춘들이 있다. 성별이나 나이는 우리를 하나로 묶는 데 아무런 문제가 되지 않았다. 다른 문화와 나이에서 찾을 수 있는 관점의 차이, 사람의 개성에서 오는 그 차이들을 접할 수 있음에 더욱 감사하고 그 다양함이 서로의 마음을 채우고 나눌 수 있어 오늘이 더욱 즐거웠을 뿐이다. 오월에 내리는 비가 이토록 고함치듯 내린 적이 있었던가 싶을 정도로 설아다원 차밭에는 하루 종일 비가 내리고 있었다. 아침부터 저녁까지 내리는 빗줄기 따라 소중한 인연들과 이야기를 나누는 이런 하루를 나는 '여행'이라고 부른다.

그렇게 계속해서 쉼을 얻는 여행을 하는 중이다. 비 내린 아침을 거닐며 산책을 하다가 '개불알꽃'을 만났다. 봄을 알리는 꽃이라고 하여 '봄까치꽃'이라고도 불리는데, 바깥주인 지원님의 말로는 이 녀석이 졌다가 요즘 들어 다시 피고 있다고 했다. 기후 탓인지 어쩐지는 모르겠으나 못 다한 무엇이 있어 또다시 꽃을 피우는지도 모를 일이다. 이 꽃은 '베로니카'라는 예쁜 이름도 가지고 있는데, 예수가 십자가를 지고 골고다 언덕을 올라갈 때 피와 땀으로 범벅이 된 예수의 얼굴을 닦아주었던 여인의 이름이 '베로니카'이다. 내게 오늘은 땀을 닦아주던 베로니카의 모습처럼 그런 보살핌과 쉼이 되어준 여행이었다.

그렇게 사람 사이를 여행하는 오늘이 좋다. 오늘도 보슬비가 내린다. 하늘이 내 여행을 시기하나 보다. 오늘은 정들었던 이곳을 떠나는 날, 아쉬움을 남긴 채 떠나야 하는 오늘이 왠지 모르게 아쉽고 슬프기도 했다. 달빛 아래 하루를 살 수 있다는 것이 얼마나 아름답고 행복한 일인지 당신은 모를 것이다. 좋은 사람들에 취해 몇 날을 보내고 떠나려니 서운함이 밀려든다. 사진 몇 장에 몇 글자 적는다 하여 내 마음이 얼마나 표현될지는 모르나 그날의 순간순간을 떠올리면 늘 고맙다.

아버지의 마음

어렸을 적 밭일 가시는 부모님 뒤를 종종걸음으로 따라가던 아이가
있었다. 하루 종일 밭일하다가 집으로 돌아올 때면 그 코흘리개 철모
르는 아이는 아버지한테 지게에 태워달라고 떼를 쓰곤 했고, 아버지
는 아이를 지게에 태워 그 무거운 어깨에 지고 집까지 데려오셨다.
철없던 내 얘기다.

지금은 이 세상에 안 계시지만 나는 지금도 아버지께서 지게를 지던
모습을 기억한다. 듣지 못하는 귀로 평생을 사셨지만 착하고 순수했
던 농부의 그 모습이 아직도 눈에 선하다.

하나님도 내겐 아버지 같은 분이다. 욕심을 내도, 철모르는 꼬마처럼
굴어도 주님은 나를 사랑하시고 아끼신다. 오늘 여행 중에 길에서 만
난 한 청년의 이야기를 접하며 가만히 눈을 감고 그 친구를 위해 기
도했다. 지난 며칠 나에게 여행이 되어준 그대들을 위해 눈을 감고
기도한다.

위로가 필요한 세상

우리 곁에는 인터넷과 SNS 등 소통하기에 더없이 좋은 요건들이 있다. 하지만 기록과 소통의 매개체인 인터넷 세상은 늘 거칠고 부정적인 것들로 장악되어 있다. 그리고 그 세상은 너무나 빠르게 흘러간다. 매일 무수한 정보와 뉴스, 지식이 밀려들었다가 썰물처럼 빠져나가는 사이에 청춘들의 삶은 그것들에 사로잡혀 있다.

그 수많은 정보들이 때로는 머릿속을 혼란스럽게 한다. 이 시대의 힐링멘토라 일컬어지는 법륜 스님과 이외수 작가 같은 수많은 사람들의 한 마디가 때론 지적으로 때론 감성적으로 위로가 되어주지만 이 또한 나는 혼란스럽다.

이 모든 게 너무나 빠르다. 모든 게 속도감이 있다. 입어서 입으로 전해지면서 천천히 전개되지 못하고 있는 것이다. 어쩌면 지금 우리의 세상은 빠르게 넘쳐나는 정보의 홍수 속에서 선과 악도, 좋고 그른 것도 모호해지고 있는 것이 아닐까? 너무도 빠른 세상의 흐름이 깊이 있는 생각을 가로막고 있는 것은 아닐까? 누구의 말이라도, 또는 나쁘거나 좋은 어떤 소식에도 스스로의 깊이 있는 성찰이 필요하다. 당신의 생각이 아닌 나 자신의 생각이 필요하다. 그런 후 자기 자신을 헤아려야 한다.

내면 깊숙한 곳을 바라보는 오늘이 필요하다. 너무 많은 정보들이 컴퓨터와 스마트폰을 통해 내 머릿속에 투하된다. 누구는 정치의 앞뒷면을, 누구는 연예인이나 세상의 치부와 그늘진 부분을, 그리고 모든 자극적 소재와 이야기들로 내 머릿속은 혼란 그 자체가 되고 만다. 때때로 내 머릿속이 수많은 생각이 넘쳐나는 정보의 쓰레기통이 되어가는 것만 같다. 나 자신을 정보의 쓰레기통으로 만들지 않기 위해 필요한 것은 아마도 느리게 걷는 오늘이 아닐까. 하지만 나 역시 오늘도 내 생각과 감정을 페이스북이라는 가상의 공간에 올리고 있다. 뒤섞인 정보의 홍수 속에서 나는 오늘도 지쳐가는 중이다. 이러다가 언젠가는 정작 나에게 소중한 생각과 가치를 잃어버리지 않을까. 너무나 빠른 삶과 수많은 정보들 때문에 편리하고 유익한 삶을 살고 있지만 그 빠름과 엄청난 정보들이 우리 정신 건강에도 과연 올바른 것인지는 다시 한 번 생각해 볼 문제다.

느리게 걷거나 때로는 뒤로 걸어가는 새로운 오늘이 필요하다. 그 오늘을 가능하게 한 것이 내게는 여행이었다. 심심하고 외롭더라도 조금 더 조용하고 깊숙하게 바라보는 그런 여행 같은 오늘을 상상한다.

매일의 일상이 주는 소중함

나를 쉬게 하면 이 하루도 가만히 멈춘다. 이 하루를 쉰다는 것은 나 자신뿐 아니라 오늘이라는 하루에게도 '쉼'을 주는 것이다. 그 쉼을 찾아 제주 '회천마을'이라는 작은 부락에 도착했다. 제주의 전통가옥 구조를 그대로 가지고 있는 진짜 제주집이라고 소개하는 주인할아버지를 만났다. 낡은 창가로 들어오는 햇살이 참 좋은 날이었다. 할아버지가 나에게 사람을 좋아하고 사람들이 좋아하는 사람이라며 칭찬을 한다. 할아버지는 혼자 살면서 사람들의 허하고 상한 몸을 치료하며 관상과 손금도 보고, 지압으로 건강도 살펴주는 분이다. 그리고는 할아버지와의 만남을 뒤로하고 마을길을 걸었다.

예쁜 풍경을 만나거나 좋은 사람을 만나야만 여행이 되는 것은 아니다. 사진기를 들고 아무도 찾지 않는 골목을 걸으며 시간을 쫓고 공간을 찾아가는 것도 여행이다. 시골 골목에서 시간이 전해주는 그 오래된 흔적을 좋아한다. 마을길을 휘젓고 다니며 담벼락 너머를 힐끔

거린다. 지나가던 동네 아주머니가 "우리 동네에 머찍을 것도 없는데 사진을 찍어 대냐!"며 웃는다. 아주머니의 멋쩍은 웃음과 질문에 나는 이렇게 말했다. "저기 멀리 '산'을 찍어요. 저기 보이는 '들'도 찍고요. 오늘처럼 하늘이 푸르고 예쁜 날에는 '하늘'도 찍어요."

매일 보는 풍경의 소중함을 우리는 잊고 사는 듯하다. 이토록 눈부시게 아름다운데 말이다. 푸른 하늘과 녹색의 싱그러움을 만난 오늘이 너무나 좋다. 이렇게 소박한 의미가 담긴 하루가 있었다는 것으로 나는 행복하다.

조금만 내려놓고 일상을 거닐다

누구나 일상을 살아간다. 그러나 일상을 그저 가볍게 지나치면서 무의미하게 느끼기도 한다. 물론 억지로 의미와 가치를 부여하는 하루를 원하지도 않겠지만 조금만 내려놓고 생각하면 일상이 행복하고 아름다워질 수 있다. 도심에서 오래된 재래시장을 볼 수 있다는 말을 듣고 버스에 올랐다.

작고 소박한 재래시장이었다. 한 5분 걷고 다 돌아볼 수 있을 만큼 정말 작고 아담했다. 할머니들이 저마다 자리를 꿰차고 있었지만 지나는 사람들에게는 도통 관심이 없다. 잘 말린 생선도 탐스럽게 익은 토마토도 아직 주인을 못 만난 채 자리를 지키고 있었다.

허영만의 만화 《식객》에 등장하는 순댓집 '감초식당'에 들러 따뜻한 국물에 밥 한 숟갈 뜨고 나니 허기가 가셨다. 별것 없는 일상이다. 익숙하지 않은 도시에서 홀로 가방을 메고 생소한 버스노선표를 바라

보며 무작정 올라타는 그런 여행일 뿐이다. 별거 아닌 하루지만 소박
하게 걷고, 먹고, 사물을 바라보는 하루를 여행한다. 골목 담벼락 틈
을 비집고 나온 들꽃만으로도 내게 이 하루는 특별하다.

장난감 같은 소박한 카페 '어리석은 물고기'

요즘은 한적한 시골 풍경 속에 자리한 조그마한 카페들이 정말 많다. 서귀포시 위미우체국 근처 아주 작고 정감 넘치는 카페 '어리석은 물고기' 도 바로 그런 곳이다. 이 카페에 들어가려면 우선 늘 입구에 널브러져 있는 '어우' 라는 길고양이를 지나가야 한다. 처음에는 사장님 내외가 키우는 집고양이인 줄 알았는데 동네 길고양이였다. 이 녀석의 이름 '어우' 는 물고기 '어(魚)', 벗 '우(友)' 로 물고기친구라는 뜻이다. 어우의 천진난만하고 태평한 모습을 보고 있으면 나도 몰래

여유 있는 웃음을 짓고 만다.

내가 만난 카페 '어리석은 물고기'의 모습은 소박하고 독특했다. 실 공예를 하시는 여주인 덕분에 카페 안에는 실로 만든 여러 소품들이 자리하고 있었다. 실 공예품을 살 수도 있고 직접 체험할 수도 있으므로 자신만의 독특한 소원 팔찌를 만들어보는 것도 좋을 듯하다. 주인장이 직접 만든 테이블과 의자가 자리 잡은 작지만 소박한 부엌의 모습도 기억에 남아 있다. 물론 이곳의 커피는 말할 것 없이 훌륭하다. 카페 '어리석은 물고기'는 핸드드립과 모카포트를 이용한 커피를 전문으로 하는 곳이다. 모카포트로 뽑은 에스프레소에 우유를 넣은 시원한 아이스 라떼 한 잔으로 무더운 여름을 달랬다. 이 카페는 두 주인장의 모습도 특별하지만 작고 소박한 인테리어가 내 마음을 더 사로잡았던 공간이다. 시골 마을 우체국 옆에서 만난 장난감 같은 카페 '어리석은 물고기'였다.

 /Cafe in/ 어리석은 물고기

주소: 서귀포시 남원읍 위미리 1883-12
전화: 070. 8819. 1883

오늘 난 구름을 여행했어. 파랗고 하얀 구름들이 나무에 걸려 있기도 하고, 굴뚝에도 맞닿아 있고, 오래된 건물의 모퉁이와 사이에도 닿고 있었어. 그 하얀 구름이 지나가면서 어디에 걸쳐 있든 참 맑고 예쁘 더라. 벌써 2년 넘게 직장으로 돌아가지 않고 있어. 바쁘게 사는 그 치열한 세상 속으로 들어가고 싶지 않아서이기도 하지만, 무엇보다

내 청춘의 때에 홀가분하게 여행을 할 수 있어서 고마울 뿐이야. 그 덕택에 오늘은 또 이렇게 구름을 여행했잖아? 나는 잘 알지 못하는 곳에 도착해 무작정 서쪽을 향해 달렸을 뿐이야. 내가 있는 이곳 서쪽 하늘, 그곳을 지나치는 구름은 내게 '여행'이었어. 파란 도화지에 흩뿌려놓은 하얀 물감처럼 솜사탕의 달콤함 같은 디 하루가 여행이 될 수 있다면 얼마나 좋을까. 여기 길 위에서 올려다본 하늘 속 저 구름을 만난 것이 여행이듯, 당신이 있는 그곳이 여행이었으면 좋겠어.

당신의 오늘이 당신의 내일을 만듭니다

사람을 좋아해 늘 여럿이 함께하는 나지만 혼자가 되어야만 만날 수 있는 감정들이 무척이나 좋다. 여럿이 있을 때는 느끼지 못하는 감정의 발견을 좋아하는 것이다. 지나간 것들도 있고 오래된 기억들을 끄집어낼 때도 있다. 그렇게 혼자가 됨은 늘 많은 것을 떠올리게 한다.

그날도 혼자서 먼 바다를 마주하며 커피를 내리고 있었다. 멋진 차한 대가 내 앞을 쓱 지나갔는데 그 차가 가던 길을 다시 돌아와 커피트럭 앞에 섰다. 나이 지긋한 부부가 트럭 앞에 오더니 커피를 주문한다. 얼마 전 텔레비전에서 내 여행의 모습을 봤던 모양이다. 먼저아는 척을 해주어서 얼마나 감사하던지. 젊은 날 나의 거지여행을 바라보며 응원을 보냈다.

사실 이 여행을 응원하는 사람들은 다양한 반응을 보인다. 단순히 내가 떠난 이 여행 속에 커피와 카페, 캠핑처럼 누구나 한번쯤 꿈꾸는 낭만이 담겨 있기 때문에 동경도 숨어 있고 자신이 가지 못한 길을 가는 것에 대한 대리만족도 섞여 있다. 어찌 보면 내 안의 중심이 아닌 겉으로 드러난 표면만을 응원하는 것일 수도 있다. 하지만 노부부의 진심어린 응원은 나의 여행을 더욱 값지고 희망차게 만들어줬다. 그분들은 당신의 오늘이 앞으로 당신의 내일을 가능하게 할 것이라고 말했다. 나는 하나님을 믿는 사람이다. 노부부도 하나님을 믿는 분들이었다. 매일을 기도하며 여행하는 여행자에게 노신사가 트럭 한쪽에 검은색 펜으로 예수님의 얼굴을 그려주었다. 언제나 늘 이렇게 따스한 인연들을 만난다.

커피를 팔아서 내 여행을 살찌울 수는 없다. 그 무엇을 팔아도 내 여행을 풍족하게 할 수는 없다. 다만 나의 이 따뜻한 여행을 팔아 내 삶에 '인연' 으로 살찌울 뿐이다. 사람이 여행이다. 당신이 내게 여행이다.

당신의 첫 여행은 언제였나요?

어린 시절 더운 여름날이면 집 앞 개울가에서 피라미를 잡는답시고 하루 종일 놀다가 그을리다 못해 새까만 얼굴로 집에 들어오기 일쑤였다. 그렇게 땅거미가 질 무렵 집에 들어오면 엄마는 늘 "까마귀가 친구하자고 하겠다."면서 놀리시곤 했다.

돌이켜보면 그때가 내 인생의 첫 여행이 아니었을까 싶다. 개울을 휘저어가며 물고기를 잡고 남의 과수밭에 들어가 서리를 하면서 말이다. 가을이면 친구들과 산으로 들로 열매를 따러 다녔고, 겨울이면 집에서 키우는 강아지를 데리고 토끼를 잡아오겠다고 너스레를 떨며 산으로 달려갔다. 그렇게 숲을 보며 하얀 눈이 허리춤까지 쌓이던 산골에서 얼음을 지치며 놀았다.

나는 그때부터 여행을 떠나고 있었던 것이다.

일상 속에서 저기 걸어오는 당신이

내게는 여행이 됩니다.

다만 욕심 없이 오시길,

나는 욕심 없이 마주하길 바랄 뿐입니다.

나는 일상을 여행합니다.

그대는 욕심 없이 오며 욕심 없이 떠나지요.

나는 그대를 담고 그대를 여행합니다.

나는 내 여행을 판다

요새 주위 사람들이 나를 많이 염려한다. 사실 그 염려와 걱정은 서른 넘어 직장을 그만두고 여행을 떠났을 때부터 시작되었다. 직장생활을 할 때도 그리 풍족하지는 않았지만 지금의 물질적 형편은 더 열악하다. 주위에서도 알고 있는 눈치다. 지난 겨울 한파를 겪으며 커피 한 잔도 팔지 못하는 날이 많았다. 물질적인 압박이 힘들게 나를 조여오는데도 지금의 삶(여행)을 지켜나가고 싶었다. 감사한 것은 겨우내 내 여행을 응원하며 생활비를 보내주었던 친구 녀석들이다. 갚아도 그만 안 갚아도 그만이라고 미안해하지 말라며 돈을 건네고 퉁명스럽게 마음을 건네주던 고마운 녀석들이다. 지금 내가 집을 비우고 걱정 없이 여행할 수 있는 것도 그 따뜻한 친구들 덕택이다.

가난한 것은 열등한 것이 아니다. 가난한 마음, 그것을 이겨내지 못할 때 가난이 '열등감'으로 찾아온다. 나는 내 여행을 판다. 내 삶과 여행의 따뜻함을 팔아 때로는 물질을, 대가를 챙기는 그런 거지여행자이다. 난 비록 가난하지만 참 행복한 여행자이다.

달콤한 베이커리를 만들어내는 '최마담네 빵다방'

제주도는 바다가 참 예쁘다. 그중에서도 내가 가장 좋아하는 제주 바다는 금능 해변이다. 그리고 그리 멀지 않은 곳에 여행길에 자주 들르는 카페가 있다. '최마담네 빵다방'이 그곳이다. 카페 이름에서부터 여느 카페와는 색다른 느낌을 준다. 이름에서도 알 수 있지만 달콤한 베이커리를 만들어내는 빵집이며 커피집이다.

몇 해 전 가을날 난생 처음 제주에 온 후 금능 해변의 아름다움에 흠뻑 젖어 며칠을 야영하고, 게스트하우스를 오가며 지냈다. 그리고 틈이 날 때마다 빵다방에 들러 커피를 마시고 후추쿠키와 시나몬 롤을 시켜놓고 사진을 정리하며 글을 쓰곤 하였다. 빵다방은 핸드드립 커피만을 음료메뉴로 내놓는다. 여기서 마끼아또를 찾는 일은 없기 바란다. 직접 로스팅한 각국 원두들을 신선한 상태에서 바로 내려주는 크고 귀여운 곰돌이 바리스타 선호 씨가 있고, 달콤하고 맛있는 여러 사이드메뉴를 만들어내는 빵다방의 주인 최마담 누나도 있다. 특히 나는 이곳의 시나몬 롤을 너무나 좋아하는데, 갈 때마다 찾곤 하지만 금방 떨어지기 일쑤다. 항상 정량을 만들어 신선하게 내놓는 것이 최 마담 누나의 철칙이기에 조금만 늦으면 맛있는 시나몬 롤을 먹지 못 할 수도 있다. 이곳의 또 하나의 인기 메뉴는 후추쿠키인데 혹여 빵 다방에 갈 일이 있다면 후추쿠키와 시나몬 롤은 꼭 먹어보기를 추천 한다.

내가 이곳을 좋아하는 또 하나의 이유는 사람이다. 좋은 원두를 로스 팅하면 가끔씩 내 커피트럭에 들러 선물해주고 가던 바리스타 선호 씨도 기억에 남고, 금능에 커피트럭이 나타났다 하면 가끔씩 저녁식 사 자리에 초대해주던 최마담 누나도 너무나 좋은 사람이다. 둘 다 제주 사람은 아니지만 홀로 어쩌면 외로이 여행하는 나에게 언제나 묵묵히 응원과 도움을 주는 사람들이었다. 어쩌면 금능에서의 좋은 기억은 아름다운 바다와 멀리 보이는 비양 도의 풍경이 아니라 그곳에서 만난 좋은 인 연들 때문일 것이다.

 /Cafe in/ 최마담네 빵다방

주소: 제주시 한림읍 협재리 1494-1
전화: 064. 796. 6872

지붕 위에서 떠나는 밤하늘 여행

비가 너무 내려 캠핑을 할 수 없었다. 비에 축축하게 젖은 옷가지처럼 마음도 몸도 눅눅했다. 비를 피해 여행길에 만난 인연으로 알게된 한 게스트하우스를 찾았다. 잠시 몸을 말리며 카페에 앉아 쉬고있는데 저 멀리 산 너머에 밝은 빛이 드리웠다. 캄캄한 밤이라 더 밝아 보이는 산 너머 하늘이 나를 궁금하게 만들었다. 그런데 스태프와 여행자들이 어디선가 사다리를 가져와 지붕으로 하나둘씩 올라가기 시작했다. 여기저기서 카메라 셔터가 터지고 사람들의 얼굴에는 웃음꽃이 피기 시작했다. 구름 낀 하늘 밑으로 아무것도 보이지 않는 그 밤에 웃음 짓는 얼굴로 우리는 모험을 떠나는 듯 사다리를 걸쳐놓은 지붕 위에서 밤하늘을 여행하였다. 그저 아무렇지 않게 지나갈 수있었던 그 밤 나는 여행을 떠났다. 젊다는 것 하나만으로 집을 떠나모여든 여행자들과 밤하늘 아래 잊을 수 없는 하루를 여행하였다.

선뜻 호의를 베푸는 감귤가게 아저씨

2012년 가을 제주여행 때 작은 감귤가게에서 친절한 아저씨를 만난 적이 있다. 8개월 만에 장사도 하고 아저씨도 만나고자 가게에 들렀 는데 문이 굳게 닫혀 있었다. 아쉬운 맘을 뒤로하고 공간이를 바닷가에 세운 후 커피를 내리고 있는데 불쑥 누군가가 말을 건넸다. 작년에 왔던 총각 아니냐며 아저씨가 아는 척한다. 얼른 인사를 하고 커피를 대접했다. 잠은 어디서 자냐는 걱정스런 말에 캠핑한다고 했더니, 비 오는데 고생 말고 가게가 저녁에는 비니까 가게에서 자라고한다. 몇 개월 전 한 번 마주한 게 전부인 젊은 여행자에게 무언가를 해주고 싶은 그 마음이 너무나 고마웠다. 그리고 몇 주 뒤 무더운 날씨에 지쳐 그곳에서 하룻밤을 머물며 시원한 밤을 보내기도 했다. 그렇게 사람을 통해 나는 지친 내 일상에 위로와 쉼을 얻는다.

감귤가게 아저씨의 배려와 호의가 가슴에, 그리고 이 여행에 감사로 물들여지는 하루가 되었다. 요즘 같은 세상에 따뜻한 사람을 만나고 호의를 베푸는 분을 만나는 것이 쉽지 않다고 하지만 나는 여행을 하면서 참 좋은 사람들을 많이 만나고 있다. 부족한 나에게 아낌없는 응원을 보내주는 사람들이 있다. 때로는 따뜻한 잠자리를 때로는 맛있는 한 끼 식사까지도 말이다. 가진 것이 많아서가 아닐 것이다. 온전히 자기가 내줄 수 있는 단 하나를 내줄 수 있는 그런 사람들이다. 그렇게 나의 여행에 함께해준 사람들 때문에 나는 오늘도 행복한 지금을 여행할 수 있었다. 당신 덕분에 나는 늘 행복한 사람이다. 내게 당신은 특별한 여행이다.

비오는 그날, 소풍을 떠났다

우기에 접어든 제주는 몇 주째 비가 내렸다. 내리는 빗속에 내 여행도 갇혀버렸다. 살다보니 이렇게 살게 되었다. 욕심을 찾아 떠나는 여행이 아니라 그저 살다보니 삶이 여행이 되었다. 살다보면 살아진다. 삶을 고민하지 말라는 것이 아니라 살면서 가지고 싶은 욕심을 조금만 내려놓을 수 있다면 더 풍요로운 삶을 살 수 있다.

가진 것이 많아야 행복하다면 한편으로는 참 불행할 것 같다. 어느 날 갑자기 그 모든 것을 잃어버리는 순간이 오면 너무나 아파할 당신의 모습이 눈앞에 훤히 보이기 때문이다. 잃어버리는 연습이라도 해볼 수 있다면 좋겠지만 그럴 수 없다는 건 모두가 알고 있다. '조금'을 맛볼 수 있는 여유가 당신에게 있으면 좋겠다. 가진 것 없는 삶 속에서는 '조금'이 풍요가 되고 풍족함이 될 수 있으니까.

비오는 오늘 소풍을 떠났다. 며칠째 내리는 빗속에서 하염없이 내리던 빗방울 소리를 반주삼아 난생 처음 바느질도 해보았고 좋은 사람들에게 쉴 새 없이 커피를 나누며 머물렀다. 그러다가 내리는 빗속에 갇혀 친해진 여행자들과 빗속을 걸어 나가 여행을 하기로 했다. 한 사람을 만나고 한 사람이 내게 온다는 것은 실로 엄청난 일이다. 그 사람의 인생이 내게 오는 것이기 때문이다. 인생이 소풍이라던데 매일은 그럴 수 없다 하여도 비오는 그날만은 소풍 가는 날이었다. 나는 그저 비를 여행하고 당신을 여행하는 중이었다.

여행에서 만난 사람들은 옷과 취향과 발의 크기까지도 모두의 생김새와 성격이 다양하고 모두 다르다. 각자의 향기와 꿈이 다르듯 세상은 다양함 속에 조화를 이루는 하나의 공간이다. 그런데 참 신기한 것은 그 조화 속에서 잘 어울려 살아갈 때이다. 그것을 가능하게 하는 것이 여행이다. 오늘 내가 용기를 내 떠난 그 여행 속에서 만난 수 많은 사람을 다시 떠올려본다. 내가 택한 이 여행이 특별했을지는 모르지만 나는 결코 특별하거나 잘난 사람이 아니다. 꿈만을 찾고 이상을 쫓아 떠나는 여행이 아니라 내 안의 특별한 나를 만날 수 있는, 때로는 아무런 이유 없이 그저 흘러가는 하루 여행을 꿈꾸는 청춘들을 만났다. 나의 여행 속 당신을 나는 그렇게 기억한다.

너와 내가 평등한 관계라면

부당한 상황에서 상대에게

그 부당함을 이야기할 수 있어야 한다.

그런데 과연 우리는 그러고 있는지 묻고 싶다.

그 부당함을 감수하고서도 애써 그 사람을,

그 인연을 가지려고 한다.

세상을 살아가려면 그래야 한다고 말하면서 말이다.

허나 나는 그렇게 살고 싶지 않다.

그럴 때면 사람들은

네가 가진 것이 없어서 그렇다고들 말한다.

도대체 얼마나 가져야 가진 것인가?

그저 코끝이 찡하다.

삶을 여행하는 사람들

삶을 여행한다는 것은 너무나 이상적인 이야기처럼 들릴 수도 있다. 젊음 앞에서 사고와 가치가 그리 자유롭지 못한 대한민국에서는 어쩌면 더욱 먼 나라 얘기일 수도 있다. 하지만 세상이 생각하는 것처럼 이 시대를 사는 청춘들이 정적으로 멈춰져 있지는 않았다. 적어도 내가 만난 청춘들은 그랬다. 삶을 여행하고 조금에 만족할 줄 아는 자신의 행복을 위해 도전하며 사는 그 청춘들의 편지이다.

꽤 오래전에 만난 사람들이 있다. '신리니'와 '별'님은 1년여 전부터 제주에 내려와 시골에 거처를 두고 제주를 여행하며 산다. 여행을 통해 만났고 가끔씩 안부를 물으며 지내는 사이다. 신리니 누나는 서울에서 꽤 오랫동안 카페를 하다가 제주에 내려왔는데, 그녀가 내리는 모카포트 커피는 내가 마셔본 커피 중 단연 으뜸이다. 하루는 내가 모카포트 커피 전수를 부탁했더니 이른 아침부터 잊지 않고 추출도구를 바리바리 싸들고 와 방법을 알려주었다. 나는 직접 볶은 커피를

조금 선물하는 것으로 고마움을 대신하였다.

두 사람은 제주에서 살기 위해 재미난 일들을 한다. 폐휴지나 종이에 그린 그림들을 예술시장에 가져다가 팔기도 하고, 자칭 '못된문방구'라는 것을 열어 비눗방울을 팔고 500원을 받고 뽑기도 하고 선물도 준다. 참 '별' 님이는 사진을 찍는다. 제주를 여행하며 만난 풍경과 사람들을 사진기에 담고 엽서로 만들어 팔기도 한다. 자신들이 사는 동네와 일상의 모습들을 그려서 만든 엽서는 너무나 예뻐서 항상 없는 돈을 털어서 사고는 했다. 그들은 그렇게 살고 있었다.
조금에 만족할 줄 알고 서로에게 나눌 수 있는 것을 나누는 것, 어쩌면 그들이 파는 것은 조금의 물질을 보태기 위함보다는 청춘의 한때를 파는 것일 수도 있다. 삶을 여행하는 것은 그리 어려운 것도 그렇다고 쉬운 것도 아니었다. 하나를 선택하면 하나의 힘든 것을 감수해야만 한다. 허나 그것마저도 받아들이는 것이 여행이 내게 준 가치였다. 그들은 매일의 삶을 여행한다. 사람들의 시선 따위는 아랑곳하지 않고 그렇게 하루를 살아간다. 어찌 힘든 날 눈물 흘리는 날이 없겠는가마는 그렇게 아름다운 청춘을 살아가는 사람들이 있었다. 그들의 삶에 기적을 꿈꾸지는 않지만 따뜻하고 아름다운 세상이 되기를 이들을 통해 꿈꿔본다.

늘 같은 일상을 사는 우리에게 '다름'을 인정하는 일은 더 많은 것들을 볼 수 있는 눈을 가지게 한다. 너와 내가 다름을, 너와 나의 믿음의 본질이 다름을, 너의 성적인 취향이 나와 다름을 말이다. 그렇게 서로가 '다름'을 인정할 수 있을 때 우리는 다양함 속에 공존하며 살 수 있을 것이다.

다르다는 것은 특별하다는 것이다.

그 '다름'을 만날 수 있는 것이 여행은 아닐까?

여행은 적극적인 삶의 표현이다.

주위의 이웃들과 다름을 인정하고

이해하려고 노력하는 일상을 사는 모습 또한

또 하나의 여행이고 더욱 아름다운 삶일 것이다.

너와 내가 '틀린 것'이 아니라

'다름'을 인정하는 것,

그것이 여행의 시작이다.

바람처럼 여행하고 싶다

그런 여행이 있었다. 수고스럽지만 애써 사람을 만나러가는 여행 말이다. 오늘은 한 마을에서 '담벼락 극장' 첫 상영이 있는 날이다. 공간도 함께 초대받아서 달려왔다. 가장 먼저 반겨주는 것은 동네에서 만난 강아지 녀석이었다. 얼마나 붙임성이 좋은지 카메라를 들고 있는 나에게 웃는 얼굴로 달려든다. 이 녀석의 이름은 '마음이' 이다. 마음이를 처음 본 날, 녀석의 미소 짓는 얼굴을 잊을 수가 없었다. 녀석의 웃음을 보고나서 나도 한동안 웃음 짓는 나를 보았다. 지친 하루를 웃음 짓는 하루로 만들어준 마음이를 보며 그날은 또 그렇게 여행하는 오늘이었다. 바람처럼 여행하고 싶다. 아무런 이유 없이 그저 흘러가는 바람이고 싶고 그렇게 여행하고 싶다.

마음이가 반기던 마을 한쪽에서 담벼락 극장이 열렸다. 마을 곳곳의 벽면에 영사기를 돌려서 영화를 상영한다. 그 작은 영화제에 여행하며 만난 친구들과 함께 갔다. 그렇게 흘러가듯 약속 없이 만나고 헤어지는 바람 같은 여행을 꿈꾼다.

오늘의 영화 〈고양이춤〉은 길고양이들의 하루와 일상을 관찰한 따뜻한 이야기다. 길고양이들의 일상을 엿볼 수 있는 시간이었다. 세상에는 참 따뜻한 이야기들이 많다. 오늘은 그것을 느끼는 밤이다.

사라져가는 풍경에 대한 소고

오늘 어느 바다를 여행하며 안타까워했다. 해안가의 한적했던 마을은 사람들이 만들어놓은 구조물과 높은 건물들로 꽉 들어차 원래의 모습을 잃어버렸다. 본연의 모습을 잃어버린 그곳이 얼마나 좋을 수 있을까? 애써 시선을 돌렸다. 바다는 여전히 아름다웠고, 사람들 모두가 웃고 있었다. 바다의 반대편은 각각 건물의 높낮이와 색채가 다르고 저마다의 이야기도 다르겠지만, 무엇보다도 돈이 자연을 품으려 하는 모습이었다. 본래의 모습이 사라진 해안가 마을 풍경이 그리 좋지만은 않았다.

누구나 좋은 시설의 편안한 여행을 원하겠지만 여행이 어찌 다 그럴 수 있겠는가? 수고스럽고 힘든 것들이 있어도 자연을 좀 더 생각하고 아끼는 지혜가 있었으면 한다. 진정으로 여행을 떠나는 여행자라면 다시 한 번 여행에 대한 깊은 성찰이 있어야 하지 않을까.

Photo Essay

밤새 내린 눈은
차갑고 볼품없던 도시의 골목을
따스하게 덮어주고 있었다.
눈 내린 도시의 골목이 좋다.
앙상한 가지처럼 차갑고 볼품없던 도시에
이불을 덮어주는 눈 내린 겨울날이 좋다.

노래, 그리고 사람을 여행한다

언젠가 여행길에 그저 술 한잔 기울이며 만난 여행자들과 섞여 노래
를 들은 적이 있다. 기타를 손에 쥐고 눈을 지그시 감고 감정을 쏟아
내며 부르는 모습에 나도 그만 넋이 나가버렸다. 그렇게 인연이 된
소중한 사람, 내가 노래를 여행할 수 있게 해준 고마운 사람 '소마
담' 누나와의 인연이다.

여행에서 수많은 인연을 만나고 있고 지금도 그렇게 살아간다. 노래
와 함께 한 사람을 여행하였다. 잠시 지나칠 거라 생각했지만 노래가
전해주는 그 감정과 매력들이 그날의 여행이 되었다. 시간이 흐른 후
다시 길에서 만난 소마담 누나는 내게만 온전히 노래를 들려주었다.
나만을 위해 들려주던 그 노랫말이 아직도 귓가에 들려온다. 길 위에
머물며 노래를 하고 여행을 하는 두 사람이 이제는 서로를 응원하고
힘이 되고 있다. 내가 울고 싶을 때면 내게 노래로 여행이 되어준 사
람, 일상 속에서 만나도 언제나 여행 속에 있는 기분이 드는 사람, 내

게 노래를 여행할 수 있게 해준 사람이다. 한 사람의 노래를 내 귓가에 맴돌게 해준 여행자였다.

그날이 좋았던 것은 단순히 누나의 노래뿐만 아니었다. 성공보다는 진정으로 자신이 꿈꾸는 비전에 초점을 맞추고 세상을 바라보는 누나의 생각과 도전이 너무나 좋았다. 오랫동안 성악을 전공하였지만 자신이 꿈꾸던 장르의 음악을 하기 위해 다시 한 번 도전하는 누나의 삶이 내 꿈을 지지하고 있었다.

난 때로는 감정표현에 솔직하지 못하다. 여자에게는 더욱 그렇다. 하지만 좋은 감성을 전해준 누나를 생각하면 '멋지다' 라는 말이 항상 입가에 맴돌고 늘 고맙고 감사하다. 내 여행이 삶이 되고 또다시 그 삶이 여행이 될 수 있었던 것은 '사람' 을 여행하기 시작하였을 때부터였다. 여행을 하다보면 누군가를 만나고 헤어질 때마다 가슴에 자

리하고 남는 사람이 있다. 이성에 대한 에로스만을 말하는 것은 아니다. 즐겁고 행복한 시간을 공유했던 사람. 1년을 10년을 만난 것은 아니지만 하루가 소중한 시간이 될 수 있었던 그런 사람을 말하는 것이다. 마음이 뭉클해지기까지 하는 오늘 이 헤어짐이 너무나 좋다. 오늘은 노래를, 사람을, 여행하였다.

"내게 여행이 되어주어 고마워요."

이런 짐을 싸보는 것은 어떨까

짐을 싸면서 며칠을 보냈지만 여행을 하다보면 빼놓고 온 게 한두 개가 아니라는 것을 느낄 때가 있다. 한편으로 생각해보면 그다지 필요 없는 것들이기도 하다. 그 모든 게 욕심이겠지? 가지그 싶고 지니고 싶은 것이 많아서일 게다. 여행을 떠나며 지녀야 할 것들이라는 게 자신을 치장하거나 드러내기 위한 것들이 대부분일 때도 있다. 물론 나도 그렇게 짐을 싸고는 한다.

이런 짐을 싸보는 것은 어떨까?
배낭에 담을 것이라고는
내 마음의 여유 하나,
따뜻하고 진실한 감성 하나,
당신을 만나면 용기 낼 수 있는 사랑 하나
를 싸보는 것 말이다.

길 위에서 만나는 비 내리는 밤

비 내리는 밤이 되었다.

이 계절의 눅눅함도 제법 익숙해지는 중이고, 길 위에서 사는 것도 익숙해지는 중이다.

그렇다고 걱정할 만큼 길 위를 떠돌지는 않는다.

그리고 길 위에서 만나는 좋은 사람들 덕에 늘 따뜻한 길을 걷는 중이다.

일상으로 돌아가는 것도 내가 무엇을 해야 할지도 아무런 계획은 세우지 않은 채 길 위에서 살아가고 있다. 분명한 것은 일상이 여행이 되고, 여행이 일상이 되었던 그날부터 내가 치유되고 있다는 것이다. 작은 것 하나가 내 삶을 바꾸었고, 나는 이 작은 하나가 언젠가는 당신과 이 세상을 바꿀 수 있다고 생각한다.

비가 내리는 이 밤, 당신 삶의 찌꺼기들도 씻겨 내려가는 그런 밤이었으면 좋겠다.

좋은 사람은 좋은 사람을 만나고, 따뜻한 사람은 따뜻한 사람을 만나게 됩니다. 당신이 좋은 사람이기 때문에 당신은 지금 좋은 사람을 만나고 있는 것입니다. 당신이 솔직하고 따뜻하게 상대를 대하므로 상대가 당신에게 따뜻함을 느끼는 것입니다. 좋은 사람을 못 만난다며 투덜대기 전에 스스로가 어떤 생각으로 상대를 대하는지를 돌아보는 것도 필요합니다.

나 스스로가 결코 좋은 사람은 아니지만 적어도 사람을 만남에 있어 진심이고 싶고 그렇게 행동하려고 노력하는 중입니다. 내가 가는 길이 느리고 힘든 길이라는 것도 잘 압니다. 내가 가는 길이 많이 더뎌서 가끔은 힘이 들기도 하답니다. 그래도 천천히 달리는 내 삶을 사랑하고 응원하고 있습니다. 내가 여행을 통해서 알게 된 한 가지입니다.

좋은 사람은 좋은 사람을 만난다는 것 말입니다.

이중섭거리의 이국적 풍경, 카페 may 飛

사람들이 자주 찾고 많이 알려진 곳이 너무나 많아서 그러한 곳을 소개하는 것은 뻔한 일이거나 지루하기도 하다. 사실 카페 'may 飛(메이비)'는 이중섭거리에서 꽤 유명한 곳이라 이미 사람들에게 많이 알려져 있다. 그럼에도 내가 소개하려 하는 것은 이국적인 풍경을 자아내는 카페의 모습 때문이다. 사실 나는 커피 맛에 대하여 평가하는 카페여행자가 아니다. 카페의 인테리어나 편안한 분위기 또는 그곳을 지키는 사람 때문에 나는 카페 여행을 좋아한다. 카페를 여행하는 내게 어쩌면 커피는 덤이었던 셈이다.

카페 may 飛는 꽃집을 같이하고 있다. 입구에서부터 꽃을 담아놓은 화병들과 푸른 잎사귀를 흔들거리는 작은 수목들로 꾸며져 있고, 카페 앞에는 작은 테이블과 의자들이 놓여 있었다. 햇살이 너무나도 좋았던 날 그곳에 앉아 시원한 아이스커피 한 잔을 마셨다. 바람나기 좋은 계절이었다. 시선을 끄는 강렬한 색상의 카페 안이 더욱 눈에 들어왔다. 꽃잎의 다양한 색상처럼 카페 안 컬러도 다양하고 아름다웠다. 예쁘고 빈티지한 소품들과 책들이 잘 어우러져 있고, 모든 테이블에는 예쁜 화병이 하나씩 놓여 있었다.

카페에 앉아 또 하루를 정리했다. 그렇게 걸터앉아 여행의 시간을 기록하고 사진 몇 장을 바라보다보면 내가 앉은 그 카페가 가장 따뜻한 보금자리가 되어준다. 언제인지는 기억나지 않지만 여행의 어느 날부터 그렇게 내 삶이 변화하고 있었다. 기억 못하는 그 '날'이 있다는 것마저도 이제는 좋기만 하다. 햇살이 무거워지고 카페 안의 컬러들이 점점 어두워졌다. 해가 서쪽으로 기울고 있는 시간, 이제 자리에서 일어나야 할 때다.

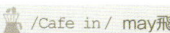

/Cafe in/ may飛(메이비)
주소: 서귀포시 이중섭로 7번지
전화: 070. 4143. 0639

전주에 가면 카페 빈센트반고흐가 있다

전주에 가면 1979년에 문을 연 오래된 카페가 있다. 오래된 시간이 머무는 이곳을 무척 좋아하는데, 처음 들렀던 그날부터 마음을 부여잡았던 공간이다. 여기저기 테이블 위에는 금이 간 유리 상판들도 그대로 있다. 사람의 때가 오래된 시간을 통해 정겨운 흔적으로 남아 있어 마음을 흔들어놓은 곳이다. 책장 위에 놓인 책들도 낡고 해지고 바랜 것들 투성이다. 그런데 그 보잘것없어 보이는 모든 것들이 내게 너무나 편안함을 주었다. 무엇보다 늘 휴식처 같은 이곳에 흐르는 음악과 이야기가 좋다. 하루 종일 내리는 커피향과 사람의 체취마저도 너무나 아름다운 이곳에서의 시간이 무척이나 소중하게 생각된다.

만약 '카페 빈센트반고흐'에 들른다면 사이펀(Siphon) 커피를 추천한다. 오랫동안 여전히 이 카페에서 많은 사랑을 받고 있는 커피메뉴이다. 우리나라에서는 1970~80년대 대학가 카페에서 유행하던 커피 추출방식이다. 사이펀 커피는 독특한 커피추출방법 중 하나인데,

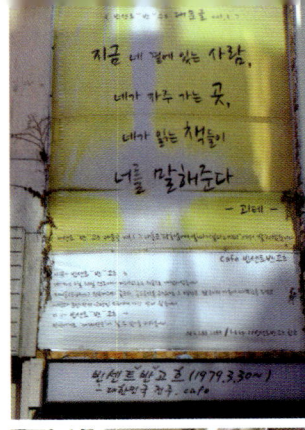

실험실 도구 같은 모습을 한 추출도구 모양부터가 신기하다. 사이펀 추출이란 플라스크를 가열하여 발생하는 증기압에 의해 끓는 물을 하나의 용기에서 다른 용기로 옮기고 다시 압력이 사라지면 커피가 필터를 통해 서버에 담기는 방법이다. 추출방식도 독특하지만 원두 특유의 향과 맛을 음미하기에 좋은 커피이다. 집에서 핸드드립으로 내려 마시는 것이 어렵게 느껴지는 사람들이 있다면 사이펀 커피를 시도해 볼만하다. 꽤나 복잡해 보이고 과학적 원리를 바탕으로 하는 것처럼 보이지만, 추출된 커피의 맛과 향을 경험하면 머리 아픈 것들은 다 사라질 것이다.

흔히 마시는 아메리카노 커피맛이 연하거나 지겨워지는 중이라면 이 사이펀 커피를 추천해주고 싶다. 눈과 입이 같이 즐거울 수 있는 독특함이 있는 커피이다. 그래서 붙은 별명이 눈으로 마시는 커피이기도 하다. 카페 빈센트반고흐에 간다면 사이펀 커피를 꼭 마셔보기를 권한다.

소중한 인연들과 함께할 때면 늘 이곳으로 향하곤 한다. 카페 빈센트반고흐는 좋은 인연의 매개가 되어주기 때문이다. 어떤 날은 커피 한 잔 값을 내고 하루를 보내기도 한다. 머그에 커피가 떨어지면 다시 커피를 채워주는 따뜻한 마음이 있고, 커피보다 더 진한 향을 가진 그런 사람도 있다. 내게 너무나도 소중한 인연인 '녹차삼촌'. 녹차처럼 맑고 깊은 향기를 내뿜는 사람이 늘 그 자리를 지키고 있다. 그는 나의 여행과 삶을 든든하게 응원해주는 또 하나의 정서적 동지다. 고민을 나누고 서로의 삶과 꿈을 응원하는 우리는 때로 시시콜콜한 이야기를 하며 시간을 보내기도 한다. 어쩌면 커피 한 잔의 따스함보다 그곳을 지키는 사람과 그곳을 드나드는 소중한 인연들을 더욱 좋아하는 것 같다. 커피를 마시러 가는 곳이기보다는 인연의 잔을 들고 향긋한 사람의 향기를 맡으러 가는 나만의 치유 공간일지도 모르겠다. 언제나 내 만남과 발걸음의 끝은 빈센트반고흐였다.

이곳에서의 시간을 좋아한다. 손님이 거의 떠나간 마감 직전의 빈센트반고흐를 좀 더 좋아하고, 이윽고 손님이 다 떠난 후의 빈센트반고흐를 더욱 좋아한다. 사람 가득한 카페의 느낌도 좋지만 밤에 빈센트반고흐에 있으면 정말 하염없이 빠져드는 알 수 없는 무엇인가가 있다. 라디오에서 좋아하는 음악이라도 흘러나오면 더 황홀해진다. 언젠가 여행을 하다가 들른 카페에서 커피향에 빠진 채 들려오던 음악에 취해 소파에 기대어 잠이 든 적이 있었다. 몹시도 고단하고 피곤한 하루에 나도 모르게 잠이 들었던 모양이다. 그런데 카페주인이 문을 닫아야 할 시간이 훌쩍 지났는데도 눈을 뜰 때까지 나를 기다려주었다. 오랜 시간이 지난 지금도 그때의 기억을 잊지 못한다. 카페 빈

센트반고흐는 그런 기억처럼 참 따뜻하고 소중한 추억으로 간직되는 공간이다. 나만 알기에는 아까운 공간이지만 그렇다고 여럿에게 알리기에도 또한 아까운 공간이다. 때로는 나 혼자만 간직하고 싶은 비밀 같은 곳, 바로 카페 빈센트반고흐.

/Cafe in / 빈센트반고흐

주소: 전주시 완산구 고사동1가 66-5 지하1층(전주한옥마을 10분 거리)
전화: 063. 288. 2189
페이스북: https://www.facebook.com/cafe.vincentvangogh
영업시간: pm 12:00~pm 11:00

어느 블로거가 바라본 나의 일상

나는 SNS라는 가상의 동네에서 살며 때로는 현실에서 그 동네 주민들을 만나기도 한다. 한 블로거가 이러한 나의 일상을 기록하였다.

"건국청년의 블로그와 거기에 적힌 글을 통해서 사진은 정말로 진정한 기록임을 깨닫게 되었다. 그가 길 위에서 만난 사람들, 흔적들이 모두 다 블로그와 SNS를 통해 사람들과의 만남을 유도했다. 그는 그 흔적들을 한 장도 빠짐없이 사진으로 고이 남겼다. 여태 구경하던 여느 블로거와는 조금은 다른 느낌이었다. 일반적으로는 자신의 생활 일부를 블로그에 남기는 반면에 그는 블로그를 통해 사람과의 만남을 유도했다.

나도 처음에 만남을 유도할 수 있는 공간으로 블로그를 활용하고 싶었다. 지금도 여전히 그 생각을 가지고 있지만 건국청년에게는 커피, 트럭, 여행이라는 콘텐츠가 있다. 하지만 나는 아직 부족하다. 내가 사람들과의 만남을 유도할 수 있는 콘텐츠는 뭐가 있을까? 건국청년처럼 매일매일 기록하는 게 정답일 것 같다. 나만의 콘텐츠를 찾기 위해서도 쉼없이 찍고 기록해야 한다. 사진 찍는 것을 별로 좋아하지 않아서 신경 쓰지 않았는데 이젠 아닌 것 같다. 이렇게 건국청년을 통해 많이 배우게 되니 그의 블로그를 떠날 수가 없다."

_블로거 loveta7

나의 기록을 너무나도 즐겁고 행복하게 그려준 한 블로거의 글이다. 그가 언급한 콘텐츠도 좋고 재밌는 이야기도 좋다. 하지만 난 나의 여행에 사람을 끌어들이기 위해 인위적인 노력을 하지는 않는다. 다만 내가 기록한 순간과 이야기들이 사람들과 만남을 가능하게 한 것은 맞다. SNS는 또 다른 내 기록의 방법이며 세상과의 소통수단이었던 셈이다. 그 기록이 지금의 여행을 가능하게 한 것이다. 어찌 인연을 억지로 만들 수 있겠는가. 하지만 기록은 과거와 현재를 잇는 아주 좋은 접착제 역할을 해주었고 그 기록의 끈으로 당신을 만나고 있다.

누군가 내 여행을 훔쳐보고 있었다. 나도 모르는 사이 지난 몇 달 동안 나의 여행을 훔쳐보는 사람들이 생겨났다. 다름 아니라 나의 든든한 응원군이 되어준 사람들이다. 언제나 내 여행을 동경한다며 내 여행에서 자신의 못다 한 꿈을 이야기하는 인연들이 내게는 너무나 소중하다. 여름날 바닷가 풍경 속에 세워둔 내 커피트럭 공간이의 모습을 누군가 그림으로 그려주었다. 내 여행의 현재를 기록으로 남겨준 일상여행자 라앵님의 선물이다.

"여행하는 커피트럭 '공간이'와 여행자 '건국청년',

사람을 여행한다는 그의 여행을 그려보았다.

뜨거운 여름 햇살이 내리쬐는

파란 하늘과 바다에 나란히 수평선을 그리고 있는

핑크빛 공간이가 너무나 아름다워 뜨거운 6월,

그림을 그렸다.

그 청년의 아름다운 여행을

그림에 고스란히 담기 힘들어

올리지 못한 그림을 한 계절이 흐르고

쌀쌀한 바람이 살갗에 드리우는 가을에 올려본다."

_일상이 여행이 되고, 여행이 일상이 되는 2013. 6. 25.

라앵은 단 한 번도 만난 적이 없는 내 친구이다. 페이스북을 통해 만나고 이야기한 것이 전부이지만 자신의 직업을 '일상여행드로잉'에서 근무한다고 말하는 그녀는 매일 하루를 예쁜 그림으로 표현한다. 길을 걷다 마주하는 동네의 모습을 담거나 자신의 책상 위에 펼쳐진 분주함을 그리기도 한다. 흔히 볼 수 있는 사물들과 일상을 여행하며 자신의 하루를 하얀 스케치북 위에 옮겨 담는다.

우리의 일상은 여행이 될 수 있다. 단지 우리가 그 하루와 일상에 감사하지 못하기 때문에 그저 의미 없는 하루가 되는 것이다. 나는 나의 여행이 매일을 감사하며 소중하게 여기면서부터 시작되었다고 믿는다. 일상이 여행이 되고 여행이 일상이 된다는 것은 그리 어려운 일이 아닌 것이다. 일상을 기록하는 일이 여행의 시작이다. 나의 여행을 누군가가 훔쳐보고 있다. 그리고 그 일상이 한 폭의 그림으로 내게 남겨졌다. 내가 말하는 여행이란 바로 이런 것이다.

내가 있어야 할 자리

시골 작은 교회 예배당에 앉아 있던 오늘 아침! 하나님이 주신 예배의 감동은 이루 말할 수 없는 기쁨이었다. 여행 중에 많은 곳을 가고 많은 인연들을 만나지만 내가 있어야 할 자리는 늘 예배의 자리인 듯하다. 여행 중이더라도 주일날이면 예배당을 찾아가 조용히 눈을 감고 잠시 기도를 드린다.

사람들은 말한다. "쟤는 교회 다니는 애가 왜 저래?" 교회는 더 착한 사람이 되기 위한 곳이 아니다. 교회는 결코 그런 사람들이 다니는 곳이 아니다. 결론부터 말하면 교회 다니는 당신 주위의 친구는 그저 보통의 친구일 뿐이다. 교회를 다닌다고 해서 더 착한 것도 더 착해야 하는 것도 아니다. 서로가 만들어놓은 잣대가 사람을 판단하는 기준이 되어서는 안 된다. 하나님을 믿기에 그 선택과 믿음 안에서는 당신과 다를 수 있지만 그렇다고 하여 교회를 다니면 모두가 착하고 착해야 한다는 그런 관점으로 바라보지는 말았으면 좋겠다.

호감을 갖는 것도 욕심이라고 밀어내며

내 마음을 들춰내는 것도 욕심이라며 밀어낸다.

그렇게 욕심을 부리는 것마저도 욕심이라며 또 밀어낸다.

살다보면 누군가를 좋아하고

그립고 만나고 싶다는 것이

설렘과 함께 힘듦으로 찾아올 때가 있다.

그래서 창가 너머로 보이는 구름처럼

그저 바라만 보는 그럴 때가 있다.

용기 내보자는 다짐도

'욕심'이라고 생각될 때가 있다.

그럴 때가 있었다.

지금인데 마치 지난날처럼

말하고 싶어지는 순간도 있었다.

그저 "들킬까봐."

사람이 더 무섭잖아

오늘 제주에서 1년 만에 친구를 만났다. 1년 전 역시 여행을 통해 만
난 그 친구는 지금은 서울에서 내려와 제주의 작은 시골마을에 정착
해 살고 있는 소중한 인연이다. 오랜만에 맛있는 저녁을 먹으며 서로
살아가는 이야기들을 나누었다. 너무나도 즐거운 시간을 보내고 사
위가 캄캄해져서야 친구를 집 앞까지 데려다주었다. 달리는 내내 정
말 길 위에 보이는 것이라고는 아무것도 없었다. 어둠 속을 달리던
중에 내가 물었다.

"이런 외진 곳에 사는 거 무섭지 않아?"

여자 혼자 제주에 내려와 산다는 것도 대단하지만 이런 시골에 정착
했으니 더욱 묻고 싶었던 것 같다.

"차라리 사람이 아예 없는 게 더 안전한 것 같아. 원래 사람이 더 무

서운 거잖아."

그 친구의 대답에 순간 그렇구나 생각하며 쓸쓸하게 웃었다.
아주 가끔은 이런 상상을 해본다. 만약 지구와 같은 또 다른 행성이
우주공간에 존재한다면 그곳에는 인간이 살지 않기를 말이다.

Photo Essay

하루였지만, 오랜 하루였어요.
하루였지만, 오랜 오늘이었어요.
하루였지만, 오랜 만남이었어요.

삶이 여행이라는 말이 너무나 좋습니다. 오늘도 내일도 여행인 나의
삶이 너무나 좋습니다.
당신은 내게 여행을 통해 소중한 하루를 선물한 여행자입니다. 가슴
이 오래도록 기억하는 사람들을 여행하는 오늘입니다. 돌아보면 진
정한 나를 만나지 못하게 하는 것들은 내 안에 있었던 것 같아요. 온
전한 자아를 만나지 못하게 하는 것들이 주위의 환경적인 부분에서
기인하는 게 아니라 내 안의 소음들이 나를 지배하고 있었다는 생각
이 들어요. 가만히 그 소음들에게 귀를 기울여봐야 할 것 같습니다.
의자에 걸터앉아 책을 마시는 오늘이 좋습니다.

며칠 동안 많은 실수를 했다. 불완전한 인간이기에 실수하는 것이 당연하지만 그래도 나 자신에게 실망하고 나서야 무언가 문제가 있다는 걸 알았다. 그 실망스런 감정들이 나를 힘들게 하는 이른 아침에 8년 전 내가 보낸 편지 하나를 메시지로 전해 받았다. 외국에 나가서 살고 있던 친한 누나에게 쓴 편지였다. 되돌려 받은 그 편지 속에 내가 써놓은 글귀가 나를 부여잡았다. '그리스도의 심장으로 사랑한다.' 스물다섯의 나는 그리도 신을 사랑했던가? 그리 비장했던가? 나도 모르게 올컥하고야 말았다. 8년 전 보낸 편지를 전해준 누나는 오늘 아침 예전에 받았던 편지들을 읽다가 눈시울을 적시며 편지를 보았다고 썼다. 왜 오늘 8년 전 편지가 잊힌 우리의 삶에 나누어졌을까?

나태해진 나의 마음과 실수하는 나의 삶에 일침을 가하는 것이라고 생각했다. 언제나 내게 '변함없다'고 말하는 누나의 메시지를 받고서 한참을 생각 중이다. 나는 과연 변함없이 살고 있는가 말이다.

행복을 나누는 카페 Stay with Coffee

지금 소개하는 카페는 바다를 한눈에 바라보며 커피 본연의 맛과 향을 즐길 수 있는 곳이다. 제주 남서쪽에는 산방산이라는 기이한 형태의 산이 하나 있다. 그리고 그곳 해안도로 쪽에 대한민국 최남단 커피숍인 'Stay with Coffee'가 있다.

수십 년 커피를 공부한 사람은 아니지만 커피에 대한 열정 하나만으로 제주에 내려와 제2의 인생을 살고 있는 카페 Stay with Coffee의 박상국 대표가 이곳에 있다. IT 분야에서 고액 연봉의 임원이었던 이 카페 주인장은 커피 로스팅과 머신을 사용하지 않고 핸드드립으로만 손수 커피를 추출한다. 이곳에 가면 수많은 나라의 원두를 만날 수 있는데, 커피맛도 너무나 좋아서 많은 사람들이 즐겨 찾는다. 주인장은 잠시잠깐의 대화를 통해서도 멋진 인생철학이 묻어 나오는 분이었다.

행복을 나누기 위한 커피 한 잔을 생각했을 때 가장 잘 어울린다고 생각한 곳이 제주였다고 주인장은 말했다. 오늘도 그곳에는 다양한 원두와 자신의 손길로 향긋하고 깊은 맛의 커피를 내리는 사람이 있다. 그리고 그 커피들이 사람들을 반겨주고 있다. 커피를 찾고 커피에 담긴 인생 이야기를 전해 듣는 것만으로도 나의 카페여행은 즐거웠다.

 /Cafe in / Stay with Coffee
주소: 서귀포시 안덕면 사계리 2147-1
전화: 070. 4400. 5730
페이스북: https://www.facebook.com/StayWithCoffee

2000원의 행복

거지여행을 떠난 지 세 달쯤 지날 때였다. 꼭 돈이 없어서 거지여행
이라는 건 아니다. 길 위에서 처음 만난 나에게 아낌없이 베푸는 따
스한 마음들을 무척이나 많이 만나게 되는데, 그 도움과 마음을 담아
내고 만나는 것들이 내가 말하는 거지여행이다.

한번은 작은 바닷가 마을에 들러서 마을 할머니들이랑 좀 친해졌다.
팔각정에는 늘 동네주민 몇 분이 있었다.

쓰디쓴 내 커피는 입에 안 맞을 거 같아서 가끔씩 인스턴트커피를 타
서 시원하게 얼음을 넣어드리곤 했다. 한 할머니가 요 며칠 커피 잘
얻어먹었다면서 2000원을 꺼내놓았다. 애써 안 받는다고 하는데도
커피값이 아니라 '정'이라는 할머니. 동네슈퍼에 다녀오던 길인지
손에 비닐봉지들 들고 집으로 가는 할머니의 뒷모습을 보며 정말 울
컥했다. 돈을 받으려고 시작한 일이 아니었는데 2000원의 행복을 만
난 오늘이었다.

어렸을 적부터 주워 모으는 것을 좋아했다. 버려진 것들을 가져다가 뜯고 만지작거리기를 좋아했다. 지금 드립 드리퍼를 받쳐놓은 것도 옥수수 통조림을 먹고 버린 것이고, 저 종이도 캠핑하다가 박스에서 떨어져 나온 것이다. 찢어진 박스 위에 내 생각을 적어보았다.

당신의 삶은 가장 값진 선물입니다.
그 무엇보다 아름다운 시간입니다.
당신의 그 아름다운 삶에 무의미한 '돌멩이'를
던지지 마세요.
당신은 참 소중한 사람이에요.
헛된 시간을 던지지 마세요.
나쁜 말을 던지지 마세요.
소중한 사랑을 던지지 마세요.

나는 세상에 버릴 것은 없다고 생각한다. 사물을 조금 다르게 바라보는 눈과 창의적인 아이디어만 있다면 버려지는 것들에 숨을 불어넣을 수 있다. 버려지는 것은 분명 아픈 일이다. 하지만 이런 가치의 변화가 좀 더 많아지게 되면 우리의 삶은 따뜻한 일상이 될 것이다.

소소한 것, 작은 것, 지나치는 것.
사람들이 무심코 놓쳐버리는 정말 중요한 것들을 좋아하게 되었다.
이 여행이 내게 준 소중한 감정들이다.

청춘을 여행합니다

여행을 하는 동안 나와 같은 나이의 청춘들을
자주 만난다. 그럴 때마다 각자의 개성 넘치는
끼와 생각들을 만나게 된다. 한번은 제주를 2
년째 여행하고 있는 제주거지 '훈'이라는 친
구를 만난 적이 있다. 큰 키와 잘생긴 외모에
우쿨렐레 하나를 들고 제주를 돌아다니며 노
래하고 여행하는 친구였다. 스물여덟 훈이는
매달 한 주씩 노동주간을 정하고 생활비를 벌
기 위해 일을 한다. 그리고 사람들이 마시고
버리는 캔 뚜껑을 모아 팔찌를 만들어서 팔고
있다. 그것이 자신의 삶을 위해 그가 하는 노
동의 전부이다. 노래하는 제주거지 훈이는 그
렇게 자신의 청춘을 여행한다. 가진 것이라고
는 옷 몇 벌과 밝고 유쾌한 성격, 그리고 한 손

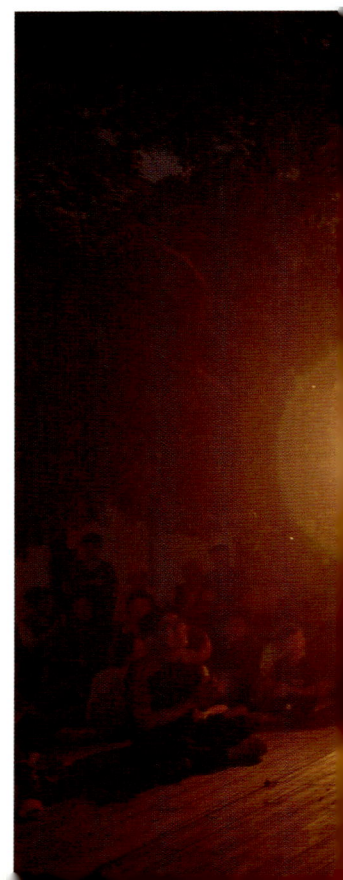

에 들고 다니는 우쿨렐레가 전부인 녀석이다.

훈이를 처음 만난 것은 한 게스트하우스에서였다. 여행에서 만난 판
소리하는 친구 '애선'이 내 생각과 여행을 참 많이 닮아 있어 서로
잘 통할 것 같다며 주선해주었다. 그날도 훈이는 어김없이 여행자들
에게 노래를 들려주고 있었다. 그는 2년간 머문 제주의 아름다운 모
습과 그곳에 살고 있는 사람들의 이야기로 스스로 지은 노래를 부른
다. 바다에 사는 소라개의 모습도, 바람결에 불어오는 바다 냄새도,
물고기 잡는 어부의 사연도 그의 노랫말이 된다. 처음 훈이를 만났을

때 그의 당당함에 많이 놀랐다. 모든 것에 당차고 확고한 철학과 의지가 묻어났다. 나보다 어렸지만 참 많은 것을 배울 수 있었던 내 여행 친구였다.

그는 스스로를 제주거지라고 말한다. 그리고 항상 '거지'의 어원을 이야기하는데, 그가 말하는 '거지'는 巨(클거) 地(땅지)를 쓴다고 한다. 우리가 아는 거지의 뜻과는 달리 땅이 많아 굳이 일을 하지 않아도 되는 사람이다. 여행자의 삶에 비춰보면 우리가 밟는 모든 곳이 여행지가 되는 것일 수도 있다. 어찌 보면 진정한 부자의 의미를 가지고 살아가는 여행자의 삶을 대변하고 있다. 지금은 누구보다 두터운 인연이 되어 서로의 여행과 삶을 응원하는 형과 동생이 되었다. 소중한 사람을 길 위에서 만난 것이다. 우리는 서로의 여행을 거지여행이라고 부른다. 없이 사는 것의 특별함과 소중함을 너무나도 잘 아는 우리다. 결코 가난하지 않은 우리다. 나는 믿는다. 청춘의 때에 가치 있는 오늘을 사는 것만으로도 앞으로의 미래가 더욱 희망적이고 행복하리라는 것을.

나는 제주에 살고 있지 않습니다.
나는 제주를 여행하는 중입니다.
그런데 요즘 고향앓이보다 더한 사람앓이를 하는 중입니다.
여행을 하며 만난 수많은 사람들을 떠올리며
나는 오늘도 사람앓이를 하는 중이에요.
당신을 여행하다보니 당신을 그리워하는 것은 당연하겠지요.

사람을 여행하고 싶습니다.
그립다는 건 그만큼 소중하고 좋은 기억일 테니까요.
누구나 여행을 하지만 내가 떠난 여행은
내게 주어진 특별한 선물 같은 여행입니다.
오늘도 난 사람을 여행합니다.

오래된 책 냄새와 정겨운 골목이 좋다

제주를 나와 완도를 통해 육지에 발을 내딛었다. 남해안 고속도로를 타고 동쪽으로 수백 킬로를 달려 부산에 도착했다. 새로운 곳을 찾아 다니기보다는 오래되고 익숙한 곳을 여행하기를 좋아한다. 부산을 다시 찾은 것도 그래서일 수 있다. 나는 도시의 답답함을 싫어한다. 콘크리트 건물 사이에 살아가는 사람들의 삶을 부정하지는 않지만 그렇게 좋아하지는 않는다. 자연스레 익숙한 풍경을 찾아 보수동으로 향했다. 남포동을 지나 도착한 그곳은 오래된 책 냄새와 정겨운 골목이 나를 반긴다. 거리에는 새로 생겨난 카페와 상점들이 제법 많아졌다. 변한 것들도 많았지만 그대로였다. 맛있는 고로케를 만드는 모퉁이 빵집도 그대로이다.

보수동 헌책방 골목길이 좋다. 이 길을 걷는 게 좋고, 평일 오후 책방 골목의 이 한적함이 좋다. 마음에 드는 책을 골라 배낭에 넣고는 근처 카페에 들어가 앉았다. 지금 내가 가진 것이라고는 배낭 안에 담긴 게 전부다. 여행자에게 선물 받은 작은 다이어리와 볼펜 몇 자루, 내 여행의 든든한 동반자인 작은 사진기와 옷가지 등이다. 저녁에는 오래된 남포동 밀면집에서 혼자 밀면 한 그릇 먹으려고 한다. 그리고 겨울에 입을 만한 옷가지를 좀 주워 담으러 국제시장을 기웃거려볼 요량이다. 나는 지금 주머니가 없는 옷을 입는 연습중이다. 주머니가 사라진 그 옷에 내 예쁜 청춘을 담기로 결정했다. 오늘이 여행인 것은 어쩌면 나에게 주문을 외웠기 때문일지도 모른다. 이제 주문대로 되는지 지켜보자! 청춘일 때 떠나보자.

책이 사람이 되다

꽤 오래전에 사람이 책이 되어 사람들을 만나는 '사람 책'에 대해 들은 적이 있었다. 어느 날 내 여행을 알게 된 인연들이 내게 '사람 책'이 되어 달라고 연락을 해왔다. 부산에 머무는 동안 함께할 수 있을 것 같아 흔쾌히 책이 되기로 마음먹었고, 드디어 내 책을 읽고자 모인 독자들을 만날 수 있었다. 한 사람의 인생이 책이 되어 사람을 만나고 읽혀진다는 것은 너무나 특별한 경험이었다.

부산에서 Hero Story(https://www.facebook.com/myherostory) 친구들과의 만남은 1년여 동안 한 번도 만난 적 없는 SNS 친구들과 오프라인에서 소통을 하는 자리이기도 해서 너무나 떨리고 설레였다. 멀리 창원에서부터 건국청년의 여행 이야기를 들으러 함께해준 적지 않은 사람들에게 너무나 감사했다. 내 주위에는 아름답게 세상을 살아가는 사람들이 많다. 나는 그 인연들을 이야기하며 내가 만나는 청춘들의 삶을 자극하기를 원한다. 내가 그들에게 전할 수 있는 것이라고는 남과는 다른 특별한 삶, 곧 나의 여행을 통해 내가 만나게 된 수많은 인연들과의 이야기보따리를 풀어 그것을 자랑하는 것뿐이다. 가끔 내게 많은 것을 요구하고 바라는 이들이 있다. 하지만 나는 서른을 갓 넘긴 청춘일 뿐이고, 내가 할 수 있는 것이라고는 내 입술에 진심으로 나의 여행을 담아 그것을 자랑하는 것밖에는 없다.

지난 2년여 간의 여행을 돌아보니 참 많은 청소년과 대학생들을 만났다. 커피트럭을 타고 여행을 하다가 거지꼴로 학교 강단에 서기도 했다. 그렇게 여과 없이 내 삶을 나누고 여행을 이야기했다. 족히 2000명 가까운 학생들을 직접 만났고, 서로 울고 웃으며 나의 삶을 같이 여행했다. 거짓 없고 순수한 삶을 노래하는 사람을 이야기하고, 그런 인연들과의 시간을 나누며 나의 삶을 자랑했다. 나는 잘 살고 싶다. 나만이 아니라 내 곁에 있는 소중한 친구와 더불어 잘 사는 삶이고 싶다. 그러기 위해서 나는 내 삶의 이야기를 당신과 나눈다. 따뜻함을 나눈 여행을 통해 내가 알게 된 좋은 생각을 당신과 함께 공유하고자 한다. 선하고 따뜻한 사람과 생각을 나눌 때 이 가치를 더욱 오랫동안 기억할 것이기 때문이다. 내가 소통과 나눔을 통해 원하는 한 가지는 좋은 가치와 생각이 여러 사람과 나누어져서 그 가치와 생각의 유통기한이 더욱 길어지는 것이다.

도시의 화려함은 없지만 소박한 사람들의 삶이 있습니다.
높고 깨끗한 아파트는 없지만 더 푸르고 높은 하늘은 있습니다.
도시에 살며 누리는 편리함은 없지만 불편한 그 무엇마저도
내게는 용서될 만큼 아름다운 자연이 있습니다.
화려하고 보기 좋은 집은 없지만 낮은 처마 아래 낮은 자리에서
세상을 바라볼 수 있는 겸손을 생각하게 합니다.
나는 시골에 삽니다.

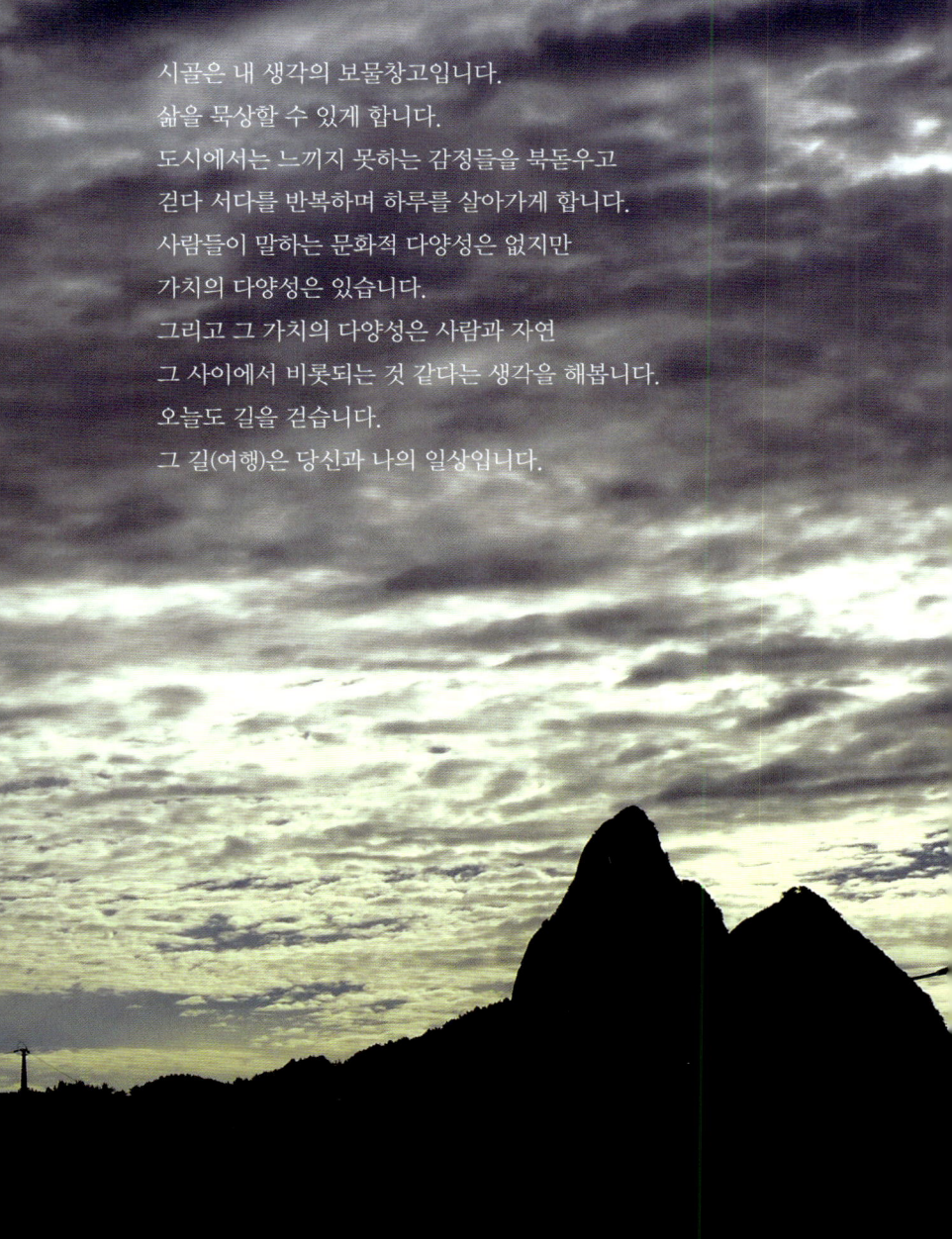

시골은 내 생각의 보물창고입니다.
삶을 묵상할 수 있게 합니다.
도시에서는 느끼지 못하는 감정들을 북돋우고
걷다 서다를 반복하며 하루를 살아가게 합니다.
사람들이 말하는 문화적 다양성은 없지만
가치의 다양성은 있습니다.
그리고 그 가치의 다양성은 사람과 자연
그 사이에서 비롯되는 것 같다는 생각을 해봅니다.
오늘도 길을 걷습니다.
그 길(여행)은 당신과 나의 일상입니다.

남미에 학교를 짓는다고?

여행을 하는 동안 만난 청춘들은 적어도 조금에 만족할 줄 알았고, 작은 관심이 큰 영향을 끼치게 된다는 사실을 알고 있었다. 그들은 가난한 것이 아니라 각자 자발적으로 택한 가난함이 있었고, 그것이 그들의 삶을 더욱 풍요롭게 만들고 있었다. 거지여행자 중에 수년째 세계를 여행하는 공정여행가 꽃거지 '한영준' 이라는 친구가 있다. 그는 지금도 여전히 학교를 짓겠다는 꿈을 안고 남미를 정탐하고 있는 중이다.

가을이 짙어가는 길목에서 그의 여행과 꿈을 응원하는 청춘들이 전국에서 모여들었다. 청춘들이 할 수 있는 것은 자발적으로 모여 꿈을 나누고 기도하는 것, 그리고 자선경매를 통한 수익금을 만들어보는 일 등이 전부다. 하지만 그것이 세상과 사람들의 마음을 바꾸어놓는 시작이고 곧 모든 사람들의 전부가 될 것이라고 생각한다. 여행을 통해 만나거나 난생처음 보는 여행자들인 그들을 한곳에 모이게 한 것은 희망과 꿈을 꾸는 청춘들이라는 점이었다. 그들의 희망을 모아 나무 한 그루를 심는 일에 박수와 응원을 보낸다.

꽃거지 영준이의 부탁으로 내 여행과 삶을 나와 같은 청춘여행자들에게 나누었다. 그들에게서 나는 웃음과 도전하는 열정을 보았고, 그들이 꿈꾸는 희망이 이웃과 세상에게 나누어지기를 바랐다. 도전, 희망, 나눔, 소통과 기부, 수많은 단어를 떠올리며 그날의 청춘들을 기억한다. 푸른 봄날을 만난 것 같은 청춘의 일상이었다.

부정하고 타락한 것들, 또는 자극적인 이야기들로 온갖 미디어들이 장악되어 있다. 그러한 것들에 관심을 두고 흥미를 느끼다보면 온전한 생각까지도 혼탁해지기 마련이다. 과거에도 미래에도 있을 일이지만 푸른 봄날 같은 사람들을 만나고 나니 꿈을 향해 온전히 달려갈 수 있을 것 같았다. 그들은 모두 '꿈'을 향해 달려가는 중이었다. 잘 살기 위해서 달려가는 중이었고, 잘 살아가기 위함은 내가 아닌 이웃을 잘 살게 하는 것이었다. 이웃과 세상의 소외된 사람들을 잘 살게 하는 것이 자신의 행복을 위한 것임을 그 청춘들은 잘 알고 있었다.

그들의 꿈이 너무나도 푸르고 맑아서 가슴이 먹먹할 만큼 따뜻해졌다. 지친 몸을 자리에 뉘어 잠을 청했다가 얼핏 깨어보니 꿈같은 그들 생각에, 그리고 우리가 만들어갈 아름다운 세상이 기대되어 잠을 다시 청하기가 힘들다. 세상은 젊은이들에게 호된 저울질을 하지만 내가 만난 여행자들은 참 따뜻하고 희망 가득한 청춘이었다.

내 삶엔 사람이 언제나 해답이었습니다.
내 여행에 사람이 언제나 이정표가 되었습니다.
당신이 여행입니다.
당신을 여행합니다.

청춘이 꿈을 꾸면 세상은 변화될 수 있습니다.
내게 여행이 되어준 당신 너무나 고마워요.
100원만 주세요! 학교 짓게요!
꽃거지 어린 아저씨의 2013 남미 학교 선물하기 프로젝트!
당신도 함께 이 여행에 동참할 수 있습니다.
https://www.facebook.com/PoorNHappy

가난한 여행이지만 결코 가난하지 않은 여행

요즘 들어 청소년이나 대학생들에게 내 여행을 이야기하는 시간이 늘어나고 있다. 더러는 여행길에 만나기도 하고, 학교나 단체의 선생님들 또는 기업체에서 문의가 들어오기도 한다. 그렇게 새로이 인연이 닿아 실제로 찾아뵙기도 한다. 그들은 한결같이 여행 속에서 만난 아름다운 이야기와 앞으로 세상 속으로 들어갈 젊은 친구들의 마음에 도전과 용기를 심어주고 미래의 비전을 위해 말해주기를 원한다.

내 블로그와 페이스북을 찾은 사람들이 가끔씩 내 여행이 자신의 로망이라고 말하기도 한다. 그리고 자신이 원하는 꿈을 꾸며 달려가는 나에게 깊은 동경과 응원을 보내는 것이다. 지금 내 삶(여행)은 단순히 나의 꿈만을 위한 것이 아니다. 때로는 힘든 일이 겹쳐들기도 하고 너무 아프거나 지쳐서 주저앉고 싶을 때도 많다. 때로는 아무에게도 도움을 청하거나 받을 수 없는 날이 생기기도 하고, 한없이 곤란한 지경에 빠져 외로워질 때도 수없이 많다. 그런데 나에 대한 사람들의 동경은 어디에서 시작되었을까? 떠나지 못하는 자유의 속박에서? 일상을 떠나 여행 중인 나의 하루? 아름다운 풍경 속에서 꿀 같은 하룻밤? 어찌하다보니 나도 모르게 세상의 유행 속에 내가 존재하고 있었다. 커피를 좋아해 커피와 함께 카페를 여행하다보니 대한민국은 어느새 '카페공화국'이 되어 있었고, 자연에서 머무는 시간이 좋아 텐트를 치고 침낭에서 자며 숲속과 바다에 머물렀더니 대한민국이 캠핑과 여행의 거대한 시장이 되어 있었다. 사람들은 유행처럼 퍼져버린 '힐링(healing)'이라는 단어 속에서 여행을 떠났고, 그 유행 속에 내 여행이 있었다. 내 여행과 당신의 여행이 다르다면 내가 좋아하는 것을 택했을 때 당신은 유행을 좇았다는 점이 아닐까.

언젠가 페이스북에서 이웃들에게 나와 내 여행을 생각하면 떠오르는 것이 무엇인지를 물어본 적이 있다. 단어로 나열해 보니 젊음, 용기, 사람, 미소, 일상여행, 바다, 삶, 그저 좋은 사람, 희망, 꿈, 사랑, 커피와 자유, 만남과 동행 등이었다. 결과를 놓고 많은 생각을 하게 되었는데, 사람들은 나와 내 여행에서 좋은 것만을 찾아내고 바라보고 있었다는 것을 새삼 알게 되었다. 페이스북에 '좋아요!' 버튼만 있듯이 내 여행과 삶에서 좋은 생각만을 끄집어내고 있었던 것이다.

돌이켜보면 나는 내게 어울리는 색깔을 일깨워주는 그런 사람과 어울렸던 것 같다. 그래서인지 내 여행을 바라보는 사람들의 시선은 내가 바라보는 시선과 닮아 있는 듯 보인다. 나는 내 여행을 말할 때 항상 '거지'와 '여행'을 이야기한다. 여행 중 많은 날을 텐트를 치고 캠핑을 하게 된다. 사람들은 아름다운 풍경 속의 내 트럭과 텐트의 모습을 보며 동경하지만, 여행이 삶인 나에게 텐트에서의 하루는 맛있고 달콤한 음식을 즐기는 것이 아니라 라면과 밥 한 숟갈로 때우는 끼니가 대부분이다. 풀벌레 우는 시골에서의 정겨운 하룻밤이 아니라 땀 냄새에 찌든 하루의 끝일 때도 많다. 인적이 뜸한 시간을 틈타 공중화장실에서 몰래 도둑샤워를 하며 가슴 졸인 날도 무척이나 많았다. 여행경비와 약간의 생활비도 충당이 되지 않을 때는 여행을 하며 찍었던 소중한 풍경들을 사진으로 현상해 팔기도 하고, 엽서를 만들어서 후원을 받기도 하였다. 돈을 벌기 위한 수단이기보다는 지금의 여행을 조금 더 지속하기 위한 나름의 시도였다. 엽서와 사진의 가격은 정해져 있지 않았다. 그것은 지금도 마찬가지인데, 천 원이든 만 원이든 몇백 원이든 거기에 큰 의미를 두지는 않았다. 다만 내 삶을 지지하는 수많은 여행자들이 진심으로 함께하기를 바랄 뿐이었다. 그렇게 엽서를 팔아 몇 달간의 여행을 지속하기도 하였다. 신기한 것은 한 번도 만난 적이 없는데도 내 여행을 응원해주는 손길들이었다. 충청도에 사는 한 아주머니는 사진엽서 열 장 값으로 생각할 수 없는 금액을 보내주었고, 어떤 분은 자신의 딸아이에게 선물하고 싶다며 엽서를 사기도 하였다. 고등학생인 친구가, 대학생활에 한창인 새내기가 내 또래의 청춘들이 저마다의 응원과 함께 내 여행의 흔적을 좋아해주었다. 가난한 여행을 하지만 결코 가난하지 않은 여행이다.

가까운 사람들은 가끔 먹고는 사느냐며 걱정스럽게 안부를 물어오기도 한다. 그럴 때마다 나는 먹고 살만하다고, 그리고 행복하다고 말한다. 하지만 어찌 매일이 아름답고 행복하기만 하겠는가. 나도 눈물

날 때가 있고, 슬프고 힘든 일상을 살아간다. 돈이 없어서 좋은 옷을 입지 못하고 좋은 음식을 먹지 못하는 때도 있다. 사랑하는 사람들에게 좋은 것, 맛난 음식 한 번 사주지 못하는 때가 허다하다. 나도 사람인데 어찌 매일 궁색하게 살고 싶겠는가? 사람들이 내 여행을 바라보며 가지는 동경에 일침을 가하고 싶은 것은 아니다. 다만 일상을 여행하는 나의 삶을 바라보는 사람들의 시선이 여행의 단편적인 겉모습에만 머물러 있는 것 같아서이다. 내 일상과 여행 속 깊숙한 곳에 담겨진 사람의 향기와 여행이 전해준 따스한 감성들은 잊히고, 화려한 여행의 앞면만을 동경하고 사랑하는 건 아닐까 하는 우려 때문이다.

너무나도 외로웠다. 늘 함께하던 가족들을 떠나 혼자 세상을 살아가는 것도 홀로 외딴 곳에서 잠을 자고 밥을 먹는 것도 너무나 외로웠다. 하지만 그 외로움이 가진 긍정적인 힘을 나는 잘 알고 있다. 힘들고 고된 외로움을 견뎌낸 후 나는 더욱 강해졌고, 나의 상처도 슬픈 과거 속의 이야기도 따뜻하고 행복한 오늘로 만들 수 있었다. 제목을 정하지 못한 한 권의 책처럼 우리의 인생도 미리 제목을 정하고 떠날 수 있는 건 아니다.

오늘은 멋진 옷을 차려 입고서 뽐내는 하루였다면 내일은 내게 어울리고 편안한 오래된 옷을 입고 사는 그런 하루일 것이다. 그렇게 항상 내가 사는 원점으로 돌아가는 일상이 좋다. 그래서 나는 오늘도 다시 처음이다.

사람들이 내 여행을 이야기합니다. 매일이 너무나 보기 좋고 여유 있어 행복해 보인다고 말입니다. 행복합니다. 허나 그 부러움 속에 내 여행의 풍요로움을 이야기하는 분들이 있습니다. 가진 것이 많아서 하는 여행이 아닙니다. 물질 때문에 조금은 불편하지만 그것들을 감수하면서 여행을 계속하고 있습니다. 수많은 사람들의 틈바구니를 지나다보니 여행자들에게 도움을 받기도 합니다.

나도 예전에는 '조금'이면 되는 걸 가지고 '큰' 것을 욕심내며 살았
습니다. 여행을 하며 많은 것을 느끼며 삽니다. 사람을 느끼고 사물
에 대한 관찰을 하며 세상을 느끼는 중입니다. 마음이 통하는 사람이
라면 있는 만큼 나누고 그만큼 도움을 받게 되지요. 천천히 뒤로 걷
는 중입니다. 조금이면 되는 삶을 걷고 있습니다.

외국인의 눈에 비친 제주 카페 베스트

제주 여행길에 독일인 부부와 여덟 살짜리 아들을 만난 적이 있다. 우리나라에 산다던 그들은 아주 재미난 여행을 하고 있었다. 여행 길 위에서 만난 여행자들을 인터뷰하며 영상으로 남기고 기록하면서 여행을 하던 가족이었다. 여행자가 되어 여행자의 마음과 시간을 담았다. 그들은 영어로 인터뷰를 해줄 수 있냐고 물었다. 영어를 잘 하지 못한다며 거절하려 했지만, 우리말로 대답해도 된다고 했다. 한국학교에 다니는 여덟 살 아들은 우리말을 곧잘 하였다. 아이가 엄마아빠와 질문을 상의하고 내게 우리말로 물으면 나도 내 의견을 내놓았다. 참 재밌는 가족이었다. 아이에게 이런 여행은 평생 잊을 수 없는 추억이 될 것이다. 그 가족이 자신들의 홈페이지에 오랜 시간 제주를 여행하면서 만난 베스트 5 제주 카페를 소개했는데, 건국청년의 카페 '공간이'도 뽑아주었다.

제주 여행길에 한번 참고해보는 것도 좋을 듯하다.

5 OF JEJU ISLAND'S BEST CAFÉ'S 안내

1. Coffee Curry Murmulda
2. Gonilda(거닐다) Café and Kitchen
3. Gonggang 153(건153) Slow. Standing. Hand drip coffee

Gonggang is a cute, pink mobile coffee truck making it's way away around South Korea. It serves some of the best coffee, and you can chat with the owner who is traveling the entire country, collecting stories for a book.

So it's not technically a Jeju Island café. It's constantly moving and could be anywhere in South Korea—but if you're lucky enough to spot this bright pink coffee truck it's worth stopping for a coffee and a closer look. Kim Hyundu is a mechanical engineer who is taking a break from work to see the entirety of his country first-hand. The coffee truck (which he converted into a portable café himself!) is his financial freedom and his ticket to making new friends wherever he goes. He could be anywhere in Korea when you find him as he travels wherever and whenever he feels like it.

4. Café Coji
5. Café Param

http://koreanrooftop.com/jeju-islands-best-cafes/

한 사람의 깊이가 세상을 움직인다

이틀간 안산, 부천, 서울, 전주를 오가며 강연과 방송 녹화 일정을 소화했다. 사람을 좋아하고 함께 이야기하는 것을 무척이나 즐거워하는 나이지만 수많은 사람들의 관심은 어느새 나를 지치게 하고 있었다. 분주함은 내 곁의 소중한 것들을 바라보지 못하게 하였다. 어느새 보물 같은 친구들과 기도하는 내 청춘의 모습까지 모든 것에 소홀하게 살고 있었던 것이다.

멀리 안산까지 와서 하룻밤을 보내고 '안산꿈의교회' 청소년 집회에서 청소년들을 만나 내 여행 이야기를 나누었다. 과연 이 아이들에게 내가 무엇을 이야기하고 전할 수 있을까? 단돈 만 원을 아끼려고 여행 중에 라면으로 끼니를 때우기도 했지만 나보다 더 힘든 상황에 있는 친구나 가치 있게 살아가는 누군가를 만날 때는 호주머니에서 돈을 꺼내 나누기도 했다. 캠핑 중에 만난 인연들이 주고 간 생필품 덕분에 돈을 아낄 수도 있었고, 하룻밤 머물 수 있도록 잠자리를 내주는 사람들도 있었다. 내가 여행에서 만난 평범하지만 따뜻하고 소중한 인연들의 이야기를 전했다.

강연이 끝난 후 먼저 강연을 한 다른 강사님이 자신의 강사료를 나에게 주었다. 내 강연을 들으며 작지만 자신의 몫을 건네고 싶은 감동을 하나님께서 주셨다고 하는데, 처음에는 계속 거절했지만 결국은 받고 말았다. 그분은 봉투에 작은 글귀를 적어주시며 내가 아니고 하나님이 주신 감동이니 거절하지 말아달라고 하셨다.

"한 사람의 깊이가 세상을 움직일 수 있다고 믿습니다." 봉투에 적어주신 이 글이 내게 위로가 되었다. 매일 좋은 사람들과 이 세상을 여행한다. 감사하고 따뜻한 인연을 만나고 또다시 여행한다. 내게 사람은 늘 여행이었다.

나를 돌아보게 하는 사람을 만났습니다. 부끄럽고 민망했지만 나를 돌아볼 수 있는 시간이 되었습니다. 누구도 인생을 대신 살아줄 수는 없다는 것을 그만 잊고 살았나봅니다. 그리고 타인의 눈과 관심에 젖어 나를 돌보지 못하고 내 옆의 당신에게 귀 기울이지 못하였습니다. 당신을 통해 나를 보았고 또 다른 나를 만났습니다. 그렇게 누군가를 만남으로 어떤 계기를 통해서 나를 바라보는 나약한 존재가 바로 나라는 사람입니다. 그런데 그렇게 작은 내가 누구를 가르치고 훈계하고 강요하고 있는 것인지 너무나 부끄럽습니다. 사람 안에서 사랑을 느끼는 것이 어쩌면 우리가 원하는 진정 행복한 삶인 듯합니다.

사람을 여행합니다

초판 찍은날 2014년 3월 10일   **초판 펴낸날** 2014년 3월 17일

지은이 김현두

펴낸이 김현중
출판실장 옥두석 | **책임편집** 이선미 | **디자인** 권수진 | **관리** 위영희

펴낸곳 (주)양문 | **주소** (132-728) 서울시 도봉구 창동 338 신원리베르텔 902
전화 02.742-2563~2565 | **팩스** 02.742-2566 | **이메일** ymbook@nate.com
출판등록 1996년 8월 17일(제1-1975호)

ISBN 978-89-94025-31-5 13810